I0687710

EL GENIO DEL RELOJ SIN SOMBRA

Título: **El genio del reloj sin sombra**
Autor del texto y las ilustraciones: **Pablo Guibert Fernández de la Hoz**
Editorial TintaMala
ISBN: 978-84-16030-15-6
© Todos los derechos reservados

EL GENIO DEL RELOJ SIN SOMBRA

Pablo Guibert Fernández de la Hoz

Este relato está dedicado a todos aquellos que estén dispuestos a conocerse a sí mismos y a descubrir las diferentes situaciones en las que cualquiera se puede ver implicado a lo largo de su vida; porque se puede actuar desde el corazón y no desde la razón (que suele ser lo más habitual en todos nosotros).

Les invito a que descubran su genio interior o, lo que viene a ser lo mismo, la luz de su propia consciencia, la cual sin duda les mostrará el camino a seguir en esta maravillosa aventura que es la vida.

Hasta ahora siempre hemos sabido algo sobre los genios de la lámpara maravillosa por sus apariciones en los relatos de 'Las mil y una noches'. Apariciones cortas y escasas en el tiempo. Lo cual hace que sepamos poco o nada sobre estos seres.

Pero, a partir de ahora, esto va a cambiar ya que el protagonista de esta aventura es un genio, al cual conoceremos de primera mano y sabremos sobre estas mágicas criaturas más de lo que se nos ha contado.

Así que, si quieren vivir una aventura llena de emoción y misterio, sólo tienen que acompañarnos.

Y, por cierto… al final a lo mejor se cumplen sus deseos.

¡Ah! Y no se olviden de frotar este libro con un trapo antes de comenzar.

¡No para que salga el genio, no, qué va! Sino para que nadie les diga que está sucio y que no limpian en su casa…

Pablo Guibert

PD: Bromas al margen, este libro es más serio de lo que parece. ¿O tal vez no…? En todo caso, les animo a que ustedes se auto-descubran a sí mismos y despierten a su propio genio interior, para que vean de qué pasta están hechos…

El nacimiento

Lucía el sol en una bella mañana de primavera. Las aves cantaban alegremente mientras las ardillas correteaban entre los árboles de la campiña, recogiendo frutos y semillas, al tiempo que los conejos corrían de aquí para allá.

Un verde manto de hierba fresca cubría aquel hermoso paraje, salpicado por bellas flores primaverales.

Sopló el Viento del Este y, como una exhalación, se formó una pálida neblina que cubrió parte de la montaña. Poco a poco se fue condensando hasta dar forma a un ser de apariencia medio humana, medio vaporosa.

Era el genio alado del Viento del Este, que llevaba entre sus manos una lámpara de aceite, dentro de la cual estaba metido el protagonista de nuestra historia.

La frotó durante unos segundos y le formuló una pregunta que sólo podía ser respondida con el corazón.

—¿Dónde quieres nacer esta vez?

La pregunta no era nueva, ya que este genio alado la había formulado con anterioridad en otros encuentros con estos espíritus embotellados.

El genio que estaba dentro de aquella lámpara sabía que podía elegir entre mar, montaña, desierto, bosque o ciudad.

Esta última posibilidad desde luego no era la que más le apeteciese, pero él sabía en el fondo de su corazón que, a pesar de todo, esta opción era la más acertada para su crecimiento y evolución.

El lugar donde se estaban desarrollando los hechos era muy propicio para la ocasión, ya que la montaña en la que estaba renaciendo se encontraba próxima a una ciudad.

Y dejando de lado lo que más deseaba, que era el bosque, el genio dijo desde dentro de la lámpara:

—Esta vez renaceré en la ciudad.

Dicho y hecho, el genio alado lo llevó hasta el centro de aquella urbe.

Sobrevoló por tres veces alrededor de una plaza, al tiempo que frotaba de nuevo aquel mágico recipiente. Entonces el genio salió de su interior y comenzó a descender.

Mientras caía, se fue desvaneciendo hasta que entró en un profundo sueño, al tiempo que se posaba en la tierra.

Al cabo de varias horas despertó y su sorpresa fue mayúscula cuando se dio cuenta del nuevo contenedor al que había ido a parar.

¡Estaba dentro de una botella de leche!

Esto por supuesto era algo nuevo para él, ya que nunca había habitado en un recipiente semejante.

—¡Qué fastidio! —exclamó—. ¡Nadie va a frotar una botella de leche! ¿Cómo me las apañaré para salir de este recipiente?

Para colmo de males se hallaba en un callejón oscuro y muy poco transitado que, además, estaba lleno de basura que olía bastante mal. Y, entre tanta basura, estaba la botella.

Era de noche y no se veía a nadie por aquella parte de la ciudad. Se sorprendió al notar que alguien estaba frotando el recipiente en el cual se hallaba prisionero. Antes de que pudiese darse la vuelta sintió que le frotaban el cogote una y otra vez.

Entonces exclamó:

—¡Oye!¡Ya vale! ¿no? ¡Que con tres veces basta!

En ese momento salió despedido de la botella a unos metros de distancia.

Se sorprendió al ver que era un gato el que lamía la botella con todo su frenesí.

El genio añadió:

—¡Macho, pero deja algo para mañana! ¡Qué mal huele aquí, será posible!

El gato lo vio y, preso del pánico por la sorpresa, se hinchó con el pelo erizado y salió a toda prisa del callejón.

El genio dijo:

—¡Pues anda, ni que yo fuera tan feo, habrase visto!

Flotó unos pasos hacia adelante y, en ese momento, vio su imagen reflejada en un pedazo de espejo roto que se hallaba junto a él.

Al no reconocerse en la imagen, dijo:

—¡Madre de Dios, qué tío feo el de ese pedazo de foto! —Y siguió hacia adelante como si tal cosa.

Salió del callejón y, ya en la plaza, vio en un banco cercano a un vagabundo que estaba borracho y medio dormido.

Al pasar por delante de él, éste le dijo:

—¿A dónde vas a estas horas y tan sola por la calle? ¡Guapa!

El genio le contestó:

—¡Pero no ves que soy un genio!

El vagabundo, haciendo oídos sordos, siguió con lo suyo:

—¡Y cómo te contoneas con esas caderas! ¡Madre!

El genio, que ya estaba agotando su paciencia, le dijo:

—¡Ale, venga, te concedo un deseo!

El vagabundo, que no daba crédito a lo que escuchaba, dijo:

—No tengo un duro, así que tendrás que hacérmelo gratis, ¡guapa!

La desesperación del genio llego a su momento máximo, entonces comenzó a echar humo por las orejas y, como todo el mundo sabe, cuando un genio echa humo por las orejas se desvanece y vuelve a su prisión terrenal.

Asi que se estumó. ¡Flop!

La anciana

Pasó algo de tiempo antes de que el genio se despertase de ese profundo sueño que provoca el fracaso en las tareas mundanas para un espíritu de estas características.

Bostezó, se estiró y, finalmente, abrió los ojos, pero esta vez había mucha luz a su alrededor. Por supuesto ya era de día, pero… ¿Dónde se encontraba?

Miró a su alrededor y vio un montón de estantes llenos de alimentos de todas las clases: yogures, galletas, zumos y, por supuesto… ¡Leche!

Estaba dentro de un supermercado.

Pensó: "¿Cómo saldré esta vez de la botella?".

Tan absorto estaba en sus pensamientos que, para cuando se quiso dar cuenta, estaban pasando la botella de leche en la que se encontraba metido por la caja de pago.

Para su desgracia, el código de barras se negaba a dar el precio. La cajera pasaba la botella por el lector láser una y otra vez.

Con tanto rayo láser se había quedado ciego por unos instantes, pero poco a poco recuperó la visión, no sin antes exclamar:

—¡Ya vale de la lucecita, ¿no?!

Finalmente pasó por la caja y la anciana que había comprado la botella la introdujo en el carro de la compra.

En ese momento el genio volvió a quejarse:

—¡Será posible, ahora no veo nada! ¿A ver si esa lucecita me ha dejado ciego? ¡Sólo me faltaba eso!

Nuestro pálido amigo se pegó todo el camino dándole a la lengua, sin darse cuenta de que aquella buena mujer ya había llegado hasta el portal de su casa.

Al entrar en el portal, la mujer estaba acalorada por el esfuerzo que le había supuesto llevar el carro hasta allí y se dispuso a sacar la botella del carro con la idea de refrescarse con un trago de leche.

Al coger la botella se dio cuenta de que estaba sucia y empezó a frotarla con un pañuelo para quitarle el polvo.

En ese momento, el genio salió despedido a unos metros de distancia, hasta el rellano del primer piso.

Mientras la abuela se daba un trago de leche, el genio, ajeno a su presencia, decía:

—¡Puedo ver! ¡Puedo ver! ¡No me he quedado ciego!.

La anciana, al verlo tan contento, le dijo:

—Hijito, me alegro de que pueda ver; yo, en cambio, sin gafas no veo ni torta y, aprovechando la circunstancia… ¿sería usted tan amable de ayudarme a subir el carro de la compra? Es que, como no hay ascensor…

El genio, sorprendido por aquella situación, pensó: "Ahora le concedo un deseo y así solo me quedan dos para liberarme".

—Señora —le dijo—, ¡le concedo un deseo!

La abuela le contestó:

—Hijito, yo a mi edad ya he perdido el deseo. Si fuera más joven a lo mejor me lo pensaba; en cambio, si me pudiera hacer un favor…

Al decir esto último miró hacia el carro de la compra.

El genio miró a la anciana y, algo extrañado por todo aquello, le dijo:

—Sí, sí, claro. ¡Cómo no! ¿En qué piso vive?

—¡Hijo mío! —prosiguió la buena mujer—. En el quinto, cerca del cielo, porque es el último piso, je, je, je… —se rió—. A mis años ya estoy casi en el cielo. Además, si quiere, puede quedarse a comer; hago una comida divina.

—Bueno —dijo el genio—, lo que usted mande, yo se lo subo hasta donde haga falta.

Y se puso a subir las escaleras con aquel carro, que pesaba como si estuviera lleno de piedras.

Después de un rato de esfuerzo y sofoco, llegaron hasta el último piso.

Una vez en la puerta de la mujer y cuando ésta iba a sacar las llaves del bolso, dijo:

—¡Qué contrariedad! Se me han debido de caer las llaves en el supermercado, cuando saqué las gafas para mirar los precios. ¿Le importaría ir a buscarlas?

El genio le contestó:

—No se preocupe, ahora mismo voy a por ellas.

Se puso a bajar las escaleras no sin antes pensar: "A plena luz del día me va a ver todo el mundo. ¿Qué puedo hacer…? ¡Ya lo tengo!".

Cogió unas cortinas que había en las ventanas de las escaleras y se las puso a modo de falda por la cintura y de pañuelo tapándose la cabeza. Entonces pensó: "Ahora seguro que nadie descubre que soy un genio y que me faltan las piernas".

Dicho y hecho, salió a la calle con decisión en busca de las llaves de la anciana.

En un momento llegó al supermercado y, haciendo uso de sus poderes, encontró las llaves con facilidad. Pero cuando se disponía a salir del supermercado llegó a su nariz el olor inconfundible de un pollo recién asado.

Intentó sobreponerse, pero aquello era superior a sus fuerzas. Se dirigió hasta el suculento manjar y cuando se disponía a darle un buen mordisco se dio cuenta de que, a sus espaldas, había un guarda jurado que le vigilaba y que había pasado desapercibido a sus ofuscados sentidos, debido al apetito del cual se hallaba prisionero.

Así que pensó: "¡Me voy a casa de la vieja y me pongo hasta el culo…! Bueno, hasta ahí no, que no tengo culo".

Regresó hasta el portal de la anciana, entró y suspiró mirando hacia arriba pensando en el esfuerzo que le supondría subir los cinco pisos.

Subió agarrándose de la barandilla hasta que llegó al último piso, agotado y con la lengua fuera.

La anciana, al verlo tan tapado, le preguntó:

—¿Nos hemos visto antes?

Él, al verla tan despistada, le contestó:

—¡Abuela, que soy el paliducho del supermercado!

—Ya me había parecido —dijo ella—. Claro, como apenas toma el sol, pasará mucho frío, ¿verdad?

El genio le contestó:

—Sí señora, será mejor que entremos antes de que me enfríe.

Entonces le dio las llaves a la buena mujer.

Ésta se dispuso a abrir la puerta pero, por más que lo intentaba, la puerta no se abría.

—¡No lo entiendo, no lo entiendo! —decía la pobre anciana.

—¡Señora! —dijo el genio—. ¿Va a tardar mucho o prefiere que le ayude?

Ella le dejó que lo intentara y, echándose hacia atrás, miró la cabecera de la puerta.

En ese momento, exclamó:

—¡Qué cabeza la mía, pero si vivo en el 5º E y éste es el B!

El genio, que cada vez estaba más impaciente, dijo:

—¿Pero cómo va a vivir en el E si sólo hay dos puertas, A y B?

Ella le contestó:

—Hijito, creo que me he equivocado de portal.

El genio estaba que se subía por las paredes. La anciana, dando media vuelta, se dispuso a bajar las escaleras.

Nuestro pálido amigo, que ya tenía la paciencia desbordada, comenzó a perder los nervios; además, empezaba a estar más que harto de aquel ridículo disfraz.

Comenzó a echar humo por las orejas y, claro, volvió a volatilizarse. ¡Flop!

La dama noctámbula

Pero… ¿Dónde había ido a parar esta vez?

Sin duda, no era el callejón de su primera noche; desde luego no había ese olor a basura que tanto le molestaba.

Estaba oscuro y apenas podía ver más allá desde dentro de la botella en la cual se encontraba.

De pronto, una luz pareció encenderse ante su atónita mirada.

Pensó: "¿Será un hada del bosque que me viene a recibir?".

Nada más lejos de la realidad, era la bombilla de la nevera dentro de la cual se hallaba metido, en una botella de leche.

Alguien cogió la botella y la puso sobre la mesa de lo que parecía ser una cocina sucia y desordenada.

El genio pudo ver tras el cristal de la botella a una joven mujer que parecía dispuesta a tomar un vaso de leche a las tres de la mañana, pues ésa era la hora que marcaba el destartalado reloj que colgaba de una de las paredes.

La mujer estaba absorta en sus pensamientos y, tras llenar un vaso con el líquido elemento, comenzó a deslizar su mano hacia arriba y hacia abajo, acariciando la botella con sus dedos.

Esto causaba cosquillas a nuestro genio que, tras un rato de sube y baja, salió de manera repentina de la botella, quejándose y refunfuñando, tratando de rascarse la espalda en la parte a la que no llegaba con sus manos, ya que era precisamente ahí el sitio en el que la absorta mujer había estado pasando sus dedos una y otra vez.

El genio se quejó:

—¡Me cago en la leche! ¡A ver si para de una vez esta petarda el puñetero rasca-rasca!.

Ni siquiera se había dado cuenta de que se encontraba nuevamente liberado de la botella y de espaldas a la sonámbula mujer, que lo miraba sorprendida.

Lentamente, se dio la vuelta tratando de decir algo, pero no le salían las palabras de su atolondrada boca.

La mujer no le quitaba el ojo de encima a nuestro blanquecino amigo, que se hallaba estupefacto por la extraña situación.

El genio empezó a ponerse rojo, apabullado por la mirada de aquella mujer.

Ya no podía contenerse más y, para variar, abrió la boca para soltar otra de sus lindezas:

—¡Bueno… qué… Ya vale, ¿no?, que me vas a desgastar! ¡Soy guapo, pero ya vale de mirarme!

La sorprendida mujer preguntó:

—¿Eres real o estoy soñando?

Las ojeras que pudo observar el genio no dejaban lugar a dudas, aquella mujer llevaba muchas noches sin dormir, sin poder pegar ojo.

Y ante la atónita mirada de aquella dama noctambula, el genio le contestó:

—¡Sí, soy real! ¿Qué pasa, es que no has visto nunca a un genio de ciudad?

La mujer, que aparentemente volvió a su estado de sonambulismo, giró su mirada hacia un paquete de tabaco que había sobre la mesa de la cocina y, como si tal cosa, se encendió un cigarrillo y empezó a fumar llenando la estancia de humo.

Esto era bastante desagradable para nuestro genio, ya que en los lugares en los que había estado con anterioridad no había humo de cigarros.

Se echó para atrás y, casi sin darse cuenta, estaba en el dormitorio de aquella mujer.

La cama estaba deshecha y sobre la mesilla de noche había un cuadro con una foto en la que se la veía sonriente junto al que parecía ser su marido.

Para sorpresa de nuestro amigo, aquel acompañante de la mujer no le era desconocido.

—¡Ahí va Dios! —exclamó—: pero si es el vagabundo que vi la otra noche en la plaza... ¿Será su marido? Bueno, a ver qué más hay por aquí.

Enseguida llegó al baño.

—¡Qué bien, con las ganas que tenía de mear por toda la de leche que he bebido estos días! —Y se puso a mear.

Cuando estaba terminando de echar las últimas gotas de lo que parecía una cascada interminable, se fue hacia el lavabo para limpiarse las manos. Levantó la cabeza para acicalarse el rostro y, al ver su imagen reflejada en el espejo, se pegó un susto de muerte y, con más miedo que espanto, puso de nuevo su mirada en aquel espejo sucio. Al verse de nuevo, exclamó:

—¡No es posible! ¿Pero cómo puedo ser tan feo? ¡El genio del Viento del Este me la ha jugado bien! ¡Me cago en la leche!

Y nuevamente comenzó a calentarse la mollera, a tal punto que volvió a ponerse rojo como un tomate por la cólera de la que se hallaba preso y, claro, le empezó a salir humo por las orejas hasta que llego a su punto álgido y... ¡Flop!

Volvió a desvanecerse en una vaporosa explosión.

Viento del sur

Tras un largo lapso de tiempo, poco a poco comenzó a abrir sus ojos ante lo que parecía ser una visión celestial.

Terminó de despertarse y suspiró profundamente al ver ante su mirada atónita al genio alado del Viento del Sur.

Cuando ya estuvo recuperado del todo, nuestro genio tomó la palabra:

—¡Ya era hora! ¡Por fin has venido a rescatarme de este horrible lugar! ¡En mala hora se me ocurrió venir aquí!

Habló y habló explicando todas sus peripecias a su alado rescatador y, después de un rato de parloteo, dijo para terminar su discurso:

—¡Es un mundo de locos!

El genio alado, que lo venía observando durante todo este tiempo, con toda la paciencia del mundo por fin tomó la palabra:

—Mi querido genio, hace tiempo que sé de tus andanzas, pues el genio alado del Viento del Este me lo ha contado todo.

El genio replicó:

—¡Has estado con ese canalla! ¡Cómo me engaño el muy…!

El genio alado le tapó la boca con su mano, lleno de paciencia y bondad.

—Lo sé, lo sé —repuso, dejando entrever una sonrisa en su bello y luminoso rostro.

Nuestro genio trató de seguir con su conversación, pero con la boca tapada no hacía más que balbucear como una cotorra. Su rescatador continuó hablando:

—Si sigues dale que te pego con lo mismo, te vas a pasar todo el verano cotorreando.

El genio calló repentinamente y preguntó:

—¿Verano? ¡No puede ser! ¡Pero si cuando me trajo el genio alado del Viento del Este era primavera! Y sólo han pasado…

—Dos meses —dijo el genio alado.

—¿Cuándo? —preguntó el genio.

—Has estado perdiendo mucho el tiempo —le contestó—. En toda la primavera no has concedido ningún deseo, tan sólo has utilizado tus poderes para buscar unas llaves.

—Sí, pero… —repuso el genio.

A lo que su rescatador dijo:

—¿Es que no sabes que cada vez que pierdes los nervios y te acaloras, desapareces de manera involuntaria y entras en un profundo sueño que puede durar días o incluso semanas? A este paso se te va a pasar el año y no vas a cumplir tu misión, y si no la cumples…

—Seguiré siendo un genio aprendiz durante mucho tiempo —repuso nuestro humeante amigo.

—Así es —le respondió—, será mejor que trates de cambiar de actitud o todo seguirá como hasta ahora.

—Supongo que tienes razón —dijo el genio—, lo intentaré.

Al decir estas últimas palabras, nuestro genio se fue adormeciendo, cerrando poco a poco sus pálidos ojos hasta que…

—Clink, clink, clink… ¡Campanilla! —exclamó, al tiempo que se despertó repentinamente de su sueño, con los morros estirados dando un beso a la pared de la botella en la que se hallaba preso nuevamente.

—¡Ah, no! Pensé que con el ruidillo…

En realidad se trataba de una niña, que estaba al otro lado del vidrio tratando de alcanzar la botella con sus pequeñas manos al tiempo que jugueteaba chocando una botella contra la otra.

—¡Mami, mami! —exclamó la chiquilla.

Su madre le contestó:

—¡Ya voy! ¡Ya voy, Esmeralda! Ya te la alcanzo.

Se encontraba de nuevo en la estantería del pequeño supermercado de aquel barrio de la ciudad.

La pequeña sostenía la botella con gran ilusión entre sus manos.

En ese momento miró con más detenimiento hacia el interior del líquido elemento, cuando repentinamente soltó un pequeño grito ilusionada:

—¡Esta botella tiene premio, tiene dentro un muñeco!

El genio horrorizado no sabía cómo esconderse de aquella persistente mirada.

—¡Mami, mami! —volvió a decir la chiquilla.

Su madre cogió la botella y la echó en el carro de la compra sin darle mayor importancia.

—¡Estos niños…! —replicó.

El genio, que estaba muy atento, pudo observar a través del cristal que el rostro de aquella mujer no era nuevo para él. Se trataba de la joven de la otra noche, aquella que no pegaba ojo y que tanto fumaba.

Pensó: "¿Será casualidad?".

Tan absorto estaba en sus pensamientos, que para cuando quiso darse cuenta ya estaba de nuevo dentro de la nevera de aquel desordenado pero bonito piso.

No había duda, algo llamaba la atención de aquella vivienda a nuestro genio para que le gustase tanto, a pesar de aquel desorden.

—¡Otra vez a oscuras! —se quejó—. ¡Qué aburrimiento! —repuso al cerrarse la puerta del frigorífico.

Pasó algo de tiempo en aquella oscura nevera, cuando repentinamente y con algo de brusquedad se abrió la puerta.

El genio, que estaba medio dormido por el aburrimiento, volvió a escuchar el tintineo de las botellas debido al movimiento de la puerta en que éstas se encontraban y, medio soñando, dijo de nuevo mientras besaba la botella desde dentro:

—¡Campanilla!

Terminó de abrir sus adormecidos ojos, pero... No era campanilla sino la niña quien se encontraba al otro lado del vidrio.

—¡Buah, qué susto! —exclamó.

La niña, mientras tanto, se las apañó como pudo para sacar la botella mientras decía llena de ilusión:

—Ahora que no está mamá sacaré ese muñeco sin que se entere y lo esconderé en mi cuarto.

Tan nerviosa estaba que la botella se le escapó de sus manos, al tiempo que caía al suelo para romperse en mil pedazos, con tan mala suerte que en ese momento entraba por la puerta de la calle la madre de la pequeña.

A todo esto, nuestro humeante amigo salió despedido hacia el techo de la cocina y, desde allí, pudo observar aquella trágica escena.

La madre, desesperada al ver la botella rota con toda la leche desparramada, entró enfurecida en la cocina.

Al principio gritó a la pequeña, que la miraba sin rechistar con los ojos abiertos de par en par.

Luego, al ver que sus ojos verdes empezaban a brillar como esmeraldas debido a las lagrimas que de ellos comenzaban a brotar, se calmó y con tono más sereno empezó a hablar a la pequeña, tratando de hacerle entender su penosa situación.

—Esmeralda —dijo—: tu padre se gastó en el juego todo el dinero que tanto trabajo nos costó ganar. Casi perdemos el piso y se fue de casa por vergüenza, ya que le echaron del trabajo y casi nos deja en la calle a ti y a mí también. En el fondo es un buen hombre, pero no quiere volver, y yo gano lo que puedo en los trabajos que me van saliendo para poder sobrevivir contigo y tirar hacia adelante con todos los gastos de casa y con la comida... ¿Y tú, en qué estabas pensando para que se te cayese la botella de leche al suelo?

—¡En el muñeco! —contestó la chiquilla.

—¿Muñeco? —preguntó la madre.

—Sí —dijo la pequeña—, uno que había dentro de la botella. Era como un genio de los cuentos, con su chaleco y calvo y también muy feo.

El genio, que desde el techo no perdía detalle de todo, no sabía si enfadarse o llorar.

La madre estaba medio sorprendida por lo que contaba su pequeña, pues su descripción era igual a lo que ella creyó que era un sueño hacía ya varias semanas.

No podía ser casualidad que las dos hubiesen visto algo tan parecido, ya que en ambos casos la botella de leche estaba de por medio.

Sonriendo ya más calmada, le dijo a su hija:

—Te vas a reír, pero no hace mucho tuve un sueño y en él aparecía un genio como el que tú describes y, la verdad, es que era feo de narices.

Ambas empezaron a reir por lo gracioso de la situación.

Sin darse cuenta, el genio había llevado al cabo de mucho tiempo algo de alegría a aquel hogar golpeado por la tragedia.

Madre e hija no paraban de reír, mientras el genio mascullaba en voz baja:

—¡Maldito genio del Este!

Eolo

Atravesó como una vaporosa nube el techo de la vivienda sin casi darse cuenta y, al poco, se encontraba afuera sobre el tejado de la casa.

El sol brillaba en aquella bella mañana. Miró a su alrededor y observó que, junto a la chimenea, podía verse una veleta que estaba orientada hacia el sur, pues era de ahí de donde soplaba el viento, ya que era verano.

El genio apenas prestó atención a aquel aparato, pero repentinamente cambió el viento por unos instantes hacia la dirección norte. La flecha que portaba la veleta apuntó en dirección a unos jardines cercanos.

Entonces el genio vio algo que le llamó poderosamente la atención.

Sobre la pared de lo que parecía ser una especie de edificación en aquellos jardines, podían verse unas gárgolas de piedra que apenas estaban a más de dos metros de altura sobre el suelo. Algo poco usual.

Curiosamente, la que más le llamó la atención era una que tenía la cara de Eolo, el Dios del Viento.

Picado por la curiosidad, nuestro pálido amigo se acercó un poco más para verla más de cerca.

Cuando se hallaba a poco menos de un metro de distancia, escuchó una especie de susurro que parecía salir de la boca de la figura.

Se acercó todavía más a la estatua y... sssssspppiiiiii.

Sonó un estrepitoso zumbido que le dejó medio sordo. Aturdido por la impresión, comenzó a darse cuenta de que aquel rostro de piedra le estaba hablando, pero él apenas podía escuchar lo que éste le decía. El genio, al ver que no le entendía, volvió a cabrearse por lo incómodo de la situación.

Entonces dijo:

—¡Me cago en...!

Pero antes de acabar su juramento, pudo observar que debajo de la gárgola había una inscripción que decía:

Aprende a escuchar antes de actuar

Volvió su mirada sobre aquel Dios parlante y se dio cuenta de que éste había dejado de hablar.

Nuestro genio, que era bastante duro de mollera, siguió renegando:

—¡Me cago en el bufido de Eolo!

Mientras echaba sus malos humos, miró hacia la cara de la misteriosa figura y se dio cuenta de que ésta portaba sendas piedras que brillaban en las cuencas de sus ojos.

Exclamó:

—¡Si no lo veo, no lo creo!

Y se dispuso a extraer ambas piedras de su pétrea prisión.

Cuando ya casi las había sacado, sintió que unos ojos negros se clavaban en su cogote.

Se dio media vuelta y vio la cara de un enorme cuervo que se abalanzó sobre él.

—¡Que te lo has creído! —dijo—. ¡No me las quitas ni borracho! ¡Habrase visto!

Puso la más fea de sus caras y le lanzó un par de humeantes bufidos y el ave de rapiña huyó a toda prisa, como alma que lleva el diablo.

El genio replicó:

—¡Vaya con el pajarito de las narices! ¿Pero, qué se piensa aquí todo el mundo, que soy tonto o qué?

Unos minutos más tarde y con el ánimo más calmado, el genio se quedó a descansar en aquella especie de claustro de aquellos jardines, con la intención de aclarar su más que ofuscada cabeza. Además, en ese instante, se dio cuenta de que aquellas piedras al contacto con su piel se habían transformado en joyas. "¿Qué puedo hacer con estas joyas?", pensó. Trató de escuchar los latidos de su humeante corazón y de sentir algo más que no fuese confusión, pues hasta la fecha era lo único que el pobre genio había sentido en aquel lugar.

En ese momento recordó el misterioso rostro del Dios Eolo y, antes de que pudiese volver a echar otra injuria, le vino a la cabeza la imagen de la inocente y bella mirada de la niña Esmeralda.

Dijo:

—¡Claro, ahí está, pedazo burro, no podía estar más claro! Sus ojos son como joyas, al igual que las de la misteriosa figura. A ella es a quien debo entregar las piedras preciosas.

Salió de aquel claustro en dirección a la casa de Esmeralda, pues no estaba lejos de allí y, cuando ya estaba llegando, se dispuso a realizar el aterrizaje sobre la acera, para entrar en la vivienda por el portal. En ese momento observó desde su aérea posición a la anciana del supermercado del otro día, que estaba llamando a la puerta, y que Esmeralda respondía al telefonillo con su frágil voz diciendo: "Ya le abro la puerta".

El genio pensó: "¡Vaya! Resulta que esta anciana conoce a la niña. ¡Qué coincidencia! A ver cómo me las apaño para darle las joyas a Esmeralda…¡Tengo una idea! Cogeré las cortinas de las escaleras y apareceré disfrazado, así la anciana no se asustará y la niña no verá que soy un genio".

Se puso manos a la obra mientras la anciana subía lentamente las escaleras.

Se le acercó sigilosamente por detrás y, sin que se diera cuenta, cogió las llaves del interior de su bolso y las echó detrás de la anciana.

Ésta, al escuchar el sonido, se volvió para recogerlas del suelo. Mientras, nuestro avispado amigo la adelantó sin ser visto. La anciana, al darse la vuelta de nuevo, se lo encontró de narices bajando las escaleras.

Sorprendida, exclamó:

—¡Anda! ¿Cómo tú por aquí?

Él contestó:

—No se lo va a creer pero…

Entonces, la anciana, que parecía más tonta de lo que era, cortó su respuesta con un:

—¡Ssshhh! Silencio, mi querido amigo, a mí no me la pegas dos veces.

El genio, perplejo, no sabía qué decir: "¿A qué venía todo esto?".

—El otro día —repuso la anciana—, te esfumaste sin despedirte.

—Sí, sí, bueno, yo… tenía algo de prisa —balbuceó.

—¿Prisa? —preguntó la anciana—. ¿Para qué?

—Esto, yo… —dijo el genio, que empezaba a ponerse rojo como un tomate.

—¿Crees que no me di cuenta de que desapareciste como una nube vaporosa en medio de las escaleras? ¡Cuando haces una promesa tienes que cumplirla!

El genio preguntó:

—¿Promesa?

—Sí —recalcó la anciana—, ibas a acompañarme a mi casa para subir el carro. ¿Recuerdas?

—¡Ah, sí! —dijo—. ¡El carro!

—Pues allí te espero —repuso la anciana—, tienes un trabajo que cumplir. Voy a ver a Esmeralda y a la vuelta allí te quiero ver.

—Sí señora —dijo el genio—, pero no sé dónde vive usted.

La anciana miró dentro de su bolso y, sacando la mano, le dio una tarjeta a nuestro sorprendido genio. Éste la cogió y leyó: "Ángeles Ventosa. Vidente - Calle del Oeste 5º E".

—Allí te espero —dijo la anciana.

—Sí señora —le contestó nuestro amigo—, allí estaré.

La anciana hizo un chasquido con los dedos y el genio, pareciendo no tener ningún control sobre la situación, se evaporó como una nube fantasmal desapareciendo de aquel lugar, no sin antes exclamar:

—¡La leche que te han dadooooo!

El extraño pájaro

Poco a poco, la vaporosa nube fue apareciendo sobre un pequeño lago que había en medio de unos jardines de la ciudad. Ésta se fue condensando hasta dar forma humana a nuestro genio.

Cuando ya se hubo materializado del todo, el genio exclamó:

—¡Joder, pero qué fría está esta agua!

Para su sorpresa, el agua le llegaba a la altura de la cintura.

—¿Pero, cómo es posible? —dijo—. ¡Tengo los pies helados! ¿Cómo? ¡Que tengo pies! —repuso asustado.

Entonces salió de aquella pequeña laguna corriendo, chapoteando como un pato mareado.

Un hombre que pasaba por allí, al verlo salir de la charca, le dijo:

—¡Hace calor joven, pero no es para tanto!

—Ti… ti… tiene usted razón —respondió nuestro amigo tartamudeando como un pavo en celo.

Se miró de cintura para abajo y exclamó:

—¡Tengo piernas! ¡Tengo piernas! —Al tiempo que caminaba de manera atolondrada—. ¡Esto es cosa de la anciana! ¡Será bruja! Más vale acudir a la cita, no sea que me haga algún otro encantamiento.

Rebuscó entre los bolsillos de sus nuevas vestiduras, pues iba vestido de manera muy elegante. Entonces se sacó la tarjeta de uno de los bolsillos.

—Calle del Oeste —leyó—. ¿Cómo haré para encontrarla?

Agotado por la extraña situación, tomó asiento en uno de los bancos de aquel bonito parque.

Mientras sostenía la tarjeta entre sus dedos al tiempo que la miraba, repentinamente sopló una bocanada de aire y la tarjeta salió despedida de entre sus manos.

El genio se levantó de inmediato para seguirla, pues no estaba dispuesto a perder la tarjeta. Entonces exclamó:

—¡Hay que fastidiarse con los vientecitos!

Cuando estaba a punto de atraparla vio por el rabillo del ojo a un pájaro de muchos colores de apariencia tropical que, más raudo y más veloz que el atolondrado genio, cogió la tarjeta entre sus garras al tiempo que decía:

—¡Agárrala si puedes!

El genio le persiguió como un potro desbocado. No estaba dispuesto a perder aquella tarjeta.

Corrió y corrió detrás de aquella extraña ave. Salió de los jardines y atravesó media ciudad sin perder de vista al pájaro parlante, mientras decía sofocado:

—¡Maldito pajarraco, la leche que te han dado!

Repentinamente, el pájaro soltó la tarjeta y, mientras se alejaba, gritó:

—¡Escuchar antes de actuar!

El genio se agachó para recogerla del suelo y, al levantarse, se fijo en la placa que estaba colocada sobre la fachada de una casa y que daba nombre a la calle.

"Calle del Oeste", leyó. Entonces volvió a leer la tarjeta y, sorprendido, se dio cuenta de lo que ponía: "Ángeles Ventosa. Calle del Oeste 5º E".

—¡Quinto E¡ —dijo en voz alta—. ¡Pero si no tiene número de portal! ¿Cómo demonios la voy a encontrar?

Respiró un poco más calmado, pues la carrera le había dejado agotado. En ese momento escuchó el tañido de unas campanas que sonaban no lejos de donde él se encontraba.

Por cinco veces sonaron las campanas, pues ésa era la hora que marcaban los relojes de un escaparate que se encontraba a sus espaldas.

Se dio media vuelta y pudo ver tras el cristal de aquella pequeña tienda a la anciana de la tarjeta, que se encontraba detrás del mostrador.

Suspiró y, empujando la puerta, entró en el establecimiento.

—Buenas tardes, jovencito —le dijo con cierto aire de humor la misteriosa anciana.

—Buenas y acaloradas —dijo él.

—¿Acaloradas? —preguntó la anciana.

—Sí, desde luego —repuso—. ¡Cómo corría ese endiablado pajarraco!

—¿Endiablado? —dijo ella.

—El muy pillastre me robó la tarjeta —contestó nuestro amigo.

—Sí —continuó ella—, pero sin su ayuda no me habrías encontrado. Ven aquí atrás —le dijo invitándole a pasar a la trastienda.

Al pasar a la antesala de la tienda nuestro amigo enmudeció. Había un montón de lámparas de aceite y de vasijas metálicas sobre las estanterías de aquella pequeña sala.

La anciana le invitó a tomar asiento al tiempo que le ofrecía una taza de té.

Él se quedo en silencio mientras la anciana no le quitaba ojo, al tiempo que dibujaba una sonrisa en su arrugado rostro.

—Son bonitas, ¿verdad? —dijo ella mientras miraba hacia las lámparas.

—Sí, sí, mucho —contestó balbuceando nuestro pálido amigo.

—¡Así es! —repuso la anciana—. ¡Pero no tanto como tú!

El genio se quedó perplejo ante la afirmación de aquella vieja mujer.

—¿Cómo dice? —preguntó—. ¿Pero usted está bien de la vista? —añadió—. ¡Si soy más feo que un rayo...! ¡Ese maldito genio alado!

—¿Maldito? —preguntó la anciana.

—Sí —respondió—, menuda jugarreta la de ese genio emplumado.

—¿No será que no ves bien? —le dijo ella.

Entonces le dio un espejo de mano mientras le decía:

—A ver qué ves ahora.

—¡No es posible! —dijo sorprendido por lo que vio reflejado.

La imagen de aquel espejo no tenía nada que ver con la que vio en su día en el baño del piso de Esmeralda.

Estaba mucho más guapo, nada parecido a la imagen espantosa que tanto le atormentaba.

—Pero, ¿cómo es posible? —preguntó sorprendido.

La anciana, que lo miraba sin perder detalle, dijo:

—Ése que ves reflejado eres tú, tal y como eres en realidad, es tu imagen más profunda, es la imagen de tu verdadero ser.

—Pero el otro día me vi horrible, espantoso —añadió el genio.

—Lo sé —repuso la anciana—. En ocasiones todos tenemos caretas. Son manifestaciones de nuestros miedos, odios y rencores. Pero nuestra verdadera imagen es como la que ves ahora reflejada.

—Sí —contestó el genio—, pero aquel día…

—Aquel día —continuó la anciana— estabas fuera de ti, ofuscado y aturdido por todo lo que te estaba pasando, estabas muy confundido y así de mal te iba todo. Recuerda: "Antes de actuar debes escuchar".

—¿Escuchar? —dijo él.

—Sí —dijo ella—, la voz de tu corazón.

—¿Y puede saberse por qué ahora tengo piernas? —preguntó.

—Para ayudarte a entender —repuso ella—. ¿No sientes ahora con más intensidad los latidos de tu corazón?

—¡Pues es verdad! —contesto él.

—¿Y qué se siente al tener piernas?

—¡Pues me siento… más humano!

—Claro —dijo ella—, es para que te des cuenta de cómo siente un ser humano, para que te pongas en el lugar de las personas a las que vas a ayudar de una manera más consciente.

Mientras estaban hablando, nuestro genio se fijó en que en aquella trastienda había un extraño reloj que en vez de tener números tenía letras.

En ese momento las manecillas marcaban la letra E.

—¿Y ese reloj? —preguntó—. ¿Qué significa?

—Significa —dijo ella— que, gracias a ese endiablado pajarraco, has llegado a la hora señalada. A las 5º E, ¿comprendes?

La anciana comenzó a reír y el genio, entendiendo lo absurdo de la situación pero a la vez el sentido que tenía que todo al final encajase por absurdo que pareciese, se puso a reír con la anciana soltando una carcajada.

Entonces, después de la carcajada se sintió mucho más ligero y, claro, desapareció de nuevo tras una vaporosa explosión. ¡Flop!

El genio de las joyas

Después de unas cuantas letras de tiempo, nuestro amigo retornó a un nuevo envase de vidrio.

Afuera estaba oscuro y apenas podían verse unos bancos cercanos, iluminados por las luces de las farolas.

Esta vez, la botella estaba en el suelo de la calle.

El genio exclamó:

—¡Caramba, qué frío está este suelo!

Repentinamente, una mano cogió la botella y, quitando el tapón, alguien comenzó a beber de ella sin apenas respirar.

El genio, que no daba crédito a lo que estaba sucediendo, dijo:

—¡Ay, ay, que se me tragan!

Unos segundos después se sintió un poco extraño y algo mareado.

—¡Uy, que zueño mezta embrando! —exclamó. Y se quedó dormido.

Al cabo de algunas horas despertó con una resaca de caballo. Todo le daba vueltas, le dolía la cabeza y tenía un dolor de espalda como si llevase varios meses sin haber probado la comodidad de un buen colchón.

Trató de levantarse de aquel incómodo banco, pero le resultó imposible: se sentía pesado como una losa de piedra.

Escuchó el repicar de las campanas de una cercana iglesia. Eran las doce del mediodía.

Sintió que se levantaba de aquel incómodo banco sin que él hiciese el más mínimo esfuerzo. Era como si alguien lo llevase sin que pudiera hacer nada por evitarlo.

Se puso a caminar en dirección a la iglesia por una calle cercana a la plaza en la que había pernoctado. Al cabo de unos instantes vio cómo se iba acercando poco a poco a aquella cercana iglesia. Llegó hasta la puerta de entrada y allí se sentó, en las escaleras que daban acceso al interior de aquel templo. Era domingo y la gente se afanaba en entrar a la iglesia, pues la misa estaba a punto de comenzar.

Entonces nuestro amigo sintió como, de manera involuntaria, levantaba su brazo izquierdo, al tiempo que sostenía en su mano un pequeño platillo en que la gente que iba entrando al templo echaba algunas monedas.

Pensó: "¿Un mendigo? ¿Me he convertido en un mendigo? ¿Cómo es posible?".

Esperó a que acabara el oficio y, tras recaudar algo más de dinero y después de que saliese la gente, se levantó y se marchó hacia unos jardines cercanos ya que cerraron la iglesia.

Al llegar a aquellos jardines descubrió que allí estaba aquel misterioso claustro en el que tuvo el encuentro con la gárgola parlante.

Entonces se sentó en un banco que había en el interior y se puso a rezar:

—¡Señor, no te pido que me ayudes ni que me saques de la calle, tan solo te pido que a mi amada esposa y a mi hijita Esmeralda nunca les falte de nada!

"¡Esmeralda!", pensó, "¿Pero qué estoy diciendo? ¿En dónde me he metido esta vez?".

Sintió que su pecho se encogía de dolor. Era una carga insoportable y... ¡Zas!

Salió de golpe del cuerpo de aquel pobre mendigo. Sin darse cuenta se encontraba frente a frente con el pobre desgraciado, que se quedó boquiabierto ante lo que creyó una aparición divina, pues nuestro genio estaba radiante y hermoso tras su anterior encuentro con la anciana. Esto y lo vaporoso de su presencia le hicieron creer al mendigo que se trataba de un santo.

El genio no sabía qué decir, estaba también sorprendido por aquella situación, cuando repentinamente tuvo una idea. Sacó las piedras preciosas que guardaba en el bolsillo y se las puso en la mano al sorprendido mendigo.

Éste, balbuceando y tartamudeando, decía mientras se marchaba de allí:

—¡Gracias, gracias, muchas gracias!

Nuestro genio se despidió en silencio, conmovido por aquella escena. Dio media vuelta y se puso a reflexionar un poco por todo lo acontecido.

Se dijo a sí mismo: "¿Habré hecho bien...? Yo creo que sí".

Y, mientras estaba absorto en sus pensamientos, escuchó una voz que no le era del todo desconocida y que decía:

—Escuchar antes de actuar.

Miró hacia el lugar de donde procedía aquella voz familiar y se dio cuenta de que era el ave tropical que le robó la tarjeta.

Ésta se hallaba posada encima de la misteriosa gárgola del Dios Eolo.

Nuestro amigo se acercó despacio y con cierta cautela hasta el ave misteriosa. Cuando le separaba medio metro de aquella extraña pareja vio que el ave le observaba con una profunda mirada. Él la miró a los ojos y ella hizo un gesto con los ojos, como queriendo indicarle que mirase a la figura que estaba bajo sus patas.

La miró y se quedó sorprendido al darse cuenta de que el semblante de aquella estatua estaba triste y lloroso, a la vez que ciego, ya que él era quien le había sacado aquellas piedras preciosas de las cuencas de sus ojos.

Miró un poco más abajo y se dio cuenta de que había otra placa, que estaba debajo de la anterior en la que podía leerse:

Prever antes de hacer

En ese preciso instante salió un bufido de la boca de la gárgola que dejó sin sentido a nuestro aturdido genio.

El genio de rojos cabellos

Tras un largo lapso de tiempo, el genio despertó de un profundo sueño.

Mientras se estiraba y bostezaba se percató de que un manto de hojas marrones cubría todo su cuerpo.

—¿Dónde estoy? —se dijo a sí mismo.

Miró a su alrededor y vio unos cuantos arcos de piedra bellamente adornados, que formaban parte de las paredes del claustro en el cual había pasado todo ese tiempo dormido.

En el centro de aquel empedrado patio había un hermoso pozo adornado con motivos otoñales, como algunas ramas y hojas de piedra, que habían pasado desapercibidos hasta entonces para nuestro recién despertado genio.

Éste, lleno de curiosidad, fue a asomarse a mirar en el interior de aquel pozo, con la idea de ver su rostro reflejado en las estancadas aguas del antiguo manantial.

Cuando se asomó para ver su reflejo en aquellas profundas aguas se quedó muy impresionado, pues el rostro que pudo observar era aún más bello de lo que esperaba.

De pronto, se dio cuenta de que aquel reflejo se movía hacia el exterior del pozo. Esto le hizo echarse para atrás mientras decía:

—Pero, ¿qué es lo que pasa? —exclamó.

En ese instante, el genio alado del Viento del Oeste terminó de salir del pozo, pues era él y no el reflejo de su cara lo que nuestro genio había visto.

Este genio, a diferencia de sus antecesores, tenía el pelo de color rojo, igual que las hojas de algunos árboles otoñales; el del Viento del Sur tenía el cabello rubio, como los rayos del sol en verano; y el del Viento del Este los tenía de color verde, como las hojas en primavera.

El genio, al ver el color de sus cabellos, exclamó:

—¡Verde, amarillo y rojo! Esto parece un semáforo. ¿Vienes a pararme los pies o qué? Pues para eso primero tendrás que ponerme piernas, ¿no?

—Cálmate —le dijo de manera sosegada el genio de rojos cabellos—, sólo vengo para ayudarte.

—¿Para ayudarme? —dijo el genio.

—Sí —le contestó—. Hasta ahora no se te han dado muy bien que digamos las tareas destinadas para un ser de tus características o, mejor dicho, de tu carácter.

—¿Qué le pasa a mi carácter? —preguntó el genio, algo alterado.

—Pues que, a pesar de todas las señales que te hemos dado mis compañeros y yo, todavía no te enteras —contestó el genio alado.

—¿Señales? ¿Qué señales dices? —volvió a preguntar el genio.

—Por ejemplo, el ave multicolor —le contestó.

—¡Ah! ¿Ese pajarraco? ¡Pues vaya señal! —contestó nuestro humeante amigo.

—Sí. Y también las inscripciones bajo la gárgola parlante —asintió.

—¡Ah! La gárgola ésa, ¡que vaya bufidos pega! —dijo nuestro amigo algo ofuscado.

—Así es —continuó—, el Dios Eolo está muy disgustado por tu conducta.

—¿Y puede saberse qué es lo que he hecho tan mal? —preguntó.

—Arrancarle los ojos a la gárgola —le contestó.

—Pues anda. Ni que le hubiese dolido. ¡Se trata de una estatua! —protestó.

—No es eso —dijo el genio alado—, sino lo que hiciste después con las joyas.

—¿Es que acaso estuvo mal? —preguntó—. ¿Quién más necesitado que un mendigo lleno de buenas intenciones para recibirlas?

—Eso no estuvo mal del todo —le contestó—, pero por desgracia en este mundo en que tú estás, con las buenas intenciones sólo no basta, hay que ser bastante precavido y 'Prever antes de hacer'. Nosotros te lo advertimos pero ya era tarde y el Dios Eolo decidió darte un escarmiento.

—¿Pues qué pasa con las joyas? —dijo lleno de intriga.

—Resulta —continuó el genio alado— que a quien se las diste no era del todo la persona más adecuada para recibirlas, dada su trayectoria. La policía lo tiene fichado y cuando fue a la casa de empeño para vender las joyas le pillaron y pensaron que él había sido el autor del robo; además, el encargado de cuidar este claustro había avisado de su desaparición a la policía y, dada la cercanía de la plaza en que tu vagabundo amigo vive…

—¡Vaya, vaya! Así que todo eso ha sucedido en el tiempo que he estado dormido por voluntad de Eolo.

—Sí —le contestó—. Y ya te habrás dado cuenta de que estamos en otoño.

—Por supuesto, en cuanto me desperté y me vi rodeado de tantas hojas me percaté de que algo raro había pasado.

—Pues tu amigo está en la cárcel —repuso el genio alado—, a ver cómo te las apañas ahora para ayudarle. Ya sabes que debes conceder tres deseos para liberarte. Y del año ya han pasado dos estaciones.

—Ya me doy cuenta —contestó—, pero desde luego con la ayuda que me dais no sé si seré capaz de cumplir mi misión.

—¿A qué ayuda te refieres? —preguntó.

—Me refiero a que cada vez que me evaporo me hacéis reaparecer en unos sitios muy raros y creo que poco propicios para que pueda ayudar a nadie.

—El hecho de que estés confundido en este nuevo mundo para ti —dijo— no hace sino que vayas y vengas de forma aleatoria de un contenedor a otro. Nosotros nada tenemos que ver con que aparezcas aquí o allá.

—¿Cómo puedes llamar contenedor a esas botellas de leche? —dijo el genio algo disgustado.

—El hecho de que sean botellas de leche no es nada malo —prosiguió—, eso sencillamente quiere decir que eres un genio primerizo en el mundo de los humanos; además, ya te habrás dado cuenta de que, a pesar de que hayas aparecido de forma aleatoria en diferentes lugares, esto te ha servido de ayuda para tu aprendizaje. La casualidad no existe, todo al final tiene una razón de ser, la vida es como un rompecabezas en el que, a pesar de lo absurdas que a veces son las cosas, termina por encajar cada cosa en su sitio.

—¿Así que se supone que cuando esté más tranquilo seré capaz de moverme a donde quiera? —preguntó el genio.

—¡Así es! Cuando dejes de estar confundido y alterado, tu voluntad será la que guíe tus pasos de una manera más firme y clara.

—¿Y qué pasa con la anciana? —preguntó el genio, lleno de curiosidad.

—Eso tendrás que descubrirlo por ti mismo. ¡Por cierto! —continuó el genio alado—, ¿te habías fijado alguna vez en esa cara?

Entonces señaló con la mano hacia una pared que sobresalía por encima del claustro y que formaba parte de aquel recinto.

El genio se giró para verla. La cara se encontraba en el centro de un bello reloj de sol que no tenía varilla para hacer la sombra que marcase las horas, pero… curiosamente este reloj en vez de números tenía letras.

El genio, sorprendido por todo aquello, volvió a girarse mientras decía:

—Qué coincidencia, se parece al que tenía la misteriosa anciana en la trastienda.

Para su sorpresa, el genio alado había desparecido. Entonces exclamó:

—¡Qué raro, ya me extrañaba que tardase en desaparecer este genio emplumado —y apostilló—, que se os ve el plumero! Te dan una pequeña pista y… ¡ala, búscate la vida!

Volvió de nuevo su mirada sobre aquel extraño reloj y se dio cuenta de que la cara se parecía bastante a la de la anciana, sólo que ésta era la de un mujer más joven y con los ojos cerrados.

El genio, sorprendido, dijo:

—¿Será posible? ¡Vaya, vaya con la anciana! Bueno, vamos a ver qué hora es… ¡Pero cómo va a marcar ninguna hora si no tiene varilla! Parece que a esta anciana le gusta jugar a las adivinanzas más que a los críos.

Siguió un rato con su monologo, pero paró de cotorrear repentinamente cuando se dio cuenta de que aquella estatua de piedra le miraba fijamente.

—¡Ay qué susto! —exclamó.

Al momento la estatua dejo de mirarle.

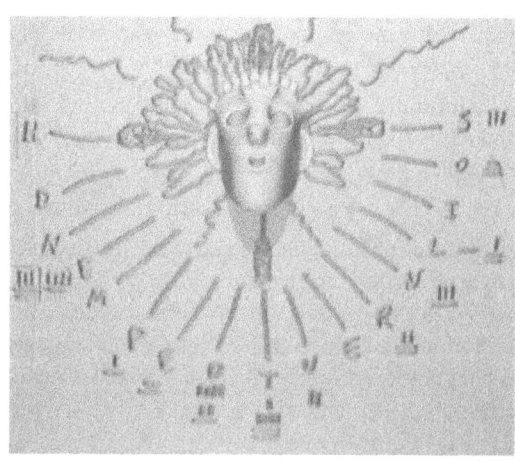

La cárcel

Bueno, ya vale de darle a la lengua —dijo—, ¿a ver por dónde empiezo?

Ya atardecía y el sol estaba bajando sus rayos sobre las paredes de aquel recinto. En ese momento, la sombra que proyectaba una figura de piedra de una lámpara de Aladino —que sobresalía por encima del claustro— se encontraba sobre el pozo, como si se tratase de una señal del cielo.

El genio exclamó:

—¡Ya lo tengo! ¡No puede ser casualidad! —Y se lanzó impaciente hacia el interior del pozo, como queriendo buscar algo en el fondo de sus aguas—. ¡Madre de Dios, qué fría está este agua!

El agua estaba helada y, para colmo, no se veía ni torta en aquella oscuridad. Pasadas unas dos horas, sacó la cabeza para tomar una bocanada de aire.

—¡Desde luego qué mal huele esta agua! —exclamó.

—Tienes toda la razón del mundo —escuchó que alguien le respondía.

Miró y se llevó una sorpresa al ver que quien le daba la razón no era otro que el pobre vagabundo que estaba prisionero en la cárcel. Nuestro despistado genio terminó de salir por una taza de váter, al tiempo que decía:

—¡Joder, qué asco, ya decía yo que olía mal!

Se encontraba en la celda de aquel pobre desgraciado, recién salido de la letrina.

El vagabundo, al verlo, dijo:

—¡Sabía que era demasiada suerte! ¿Cómo iba nadie a escuchar mis oraciones? ¡Vaya con el santo de las joyas!

—¡Pero qué santo ni qué santo! —dijo el genio mientras se sacudía, como queriendo quitarse de encima el mal olor.

Se miró en un espejo que había en aquel pequeño habitáculo y se vio de color marrón, debido al color de aquellas aguas fecales.

—¡Está claro que no es oro todo lo que reluce! —dijo el vagabundo

El genio se disponía a contestarle, pero se dio cuenta de que al vagabundo le olía el aliento a alcohol, ya que estaba medio bebido. Se las había ingeniado para colar una botella de vino en su habitación, sin que se dieran cuenta los vigilantes.

En ese momento, uno de los guardias pasó por su celda advirtiendo a los presos de que debían apagar las luces para dormir.

Nuestro amigo se introdujo en la botella de vino que estaba escondida debajo de la cama, antes de que el guardia se percatase de su presencia.

El guardia dijo:

—¡Vamos, Juan Pedro, apaga la luz que ya es hora de dormir!

El vagabundo estiró su brazo y pulsó el interruptor, dejando la estancia a oscuras. Mientras, el genio, aturdido por el fuerte olor a vino, se quedó dormido dentro de la botella.

A la mañana siguiente sonó la sirena para despertar a los presos a las ocho de la mañana.

Estos iban saliendo de sus celdas en dirección al comedor, para desayunar antes de comenzar sus tareas. El vagabundo, que tenía mucho sueño, no hizo ni por levantarse de la cama.

El genio a esas horas estaba medio borracho después de haber pasado toda la noche oliendo vino. Salió de la botella y casi no se tenía en pie. Entonces, haciendo uso de sus poderes y acordándose de la experiencia de los jardines, decidió que era buen momento para tener piernas, por lo que se materializó en el exterior de la botella de cuerpo entero.

Ni siquiera sabía si era él mismo en ese momento de confusión, ya que se había despertado de manera repentina por la sirena y, además, estaba aturdido por el vino. Al ver la cara del vagabundo, la suya se trasformó tomando el aspecto de éste. Pensó que si le confundían con él desayunaría por el morro. Y viendo que llamaban a todo el mundo para el desayuno, decidió salir en dirección al comedor, pues le rugían las tripas como nunca:

—¡Hoy me daré un atracón! —se dijo.

Cuando llegó al comedor, cosa que no le fue difícil pues todo el mundo iba hacia allí, se puso en la cola del desayuno esperando recibir su ración matutina.

Uno de los guardianes, cuando le vio, se sorprendió por la forma en que iba vestido, pues a pesar de que su aspecto físico era el mismo que el de su vagabundo amigo, llevaba el chaleco característico de todos los genios. El guardián se le acercó y le dijo en tono de guasa:

—¿Qué pasa, Juan Pedro, es que hoy hace más calor o es que se te ha olvidado quitarte el pijama? ¡Y a ver si te das una ducha, porque no se sabe si hueles más a vino o a cloaca! Ja, ja, ja… —Y se rió al tiempo que se alejaba.

Cuando a nuestro amigo le llegó su turno, le pusieron en la bandeja que llevaba su desayuno correspondiente, que era poca cosa. Entonces fue caminando hacia la mesa para sentarse solo, ya que nadie se le arrimaba debido al mal olor que desprendía.

Cuando llegó a la mesa, se sentó mientras decía con voz de borracho:

—¡Pues vaya, tanto tiempo esperando la cola para esta miseria y con lo feo que es ese cocinero, no se parece nada a la anciana que, puestos a comparar, es mucho más guapa!

En ese momento, se le acercó una mujer que servía la leche a los presos con su jarra correspondiente y le dijo:

—¿Cómo lo quiere, solo, con leche o cortado?

El genio se giró para mirarla y, al ver que se trataba de la anciana, se pegó tal sobresalto que se le quitó el pedo de golpe. Y, al ver que ésta le guiñaba el ojo, le contestó tartamudeando:

—Co… co… cortado. Vamos que me he quedado cortado. O sea… quiero decir con leche, que lo quiero con leche.

La misteriosa anciana le soltó una leche en la cara que le hizo desmaterializarse de golpe. ¡Flop!

Al poco rato, nuestro humeante amigo reapareció en el patio de la prisión. Todavía le dolía la cara de la bofetada que acababa de recibir. Mientras se materializaba, decía:

—¡Será posible! Te despistas un momento y… ¡Zas! ¡Habrase visto! ¡Aquí, o te espabilas o te espabilan! Y vaya mosqueo con la anciana, la próxima vez mejor no le pregunto ni la hora, no sea que me la vaya a dar de golpe.

Mientras nuestro amigo le daba vueltas a todas estas cosas, pasó a su lado a gran velocidad el ave multicolor. El genio, al verla, exclamó:

—¡No me faltaba nada más que esto, otra vez ese pajarraco!

Lo siguió con la mirada y vio cómo se posaba en una de las ventanas que daban al patio en que él se encontraba. El genio, al verlo posado, dijo:

—Voy para allí antes de que abra el pico.

Cuando llegó a su altura, el pájaro miró hacia dentro de la ventana haciéndole ver que en esa habitación estaba el vagabundo.

El genio miró al pájaro y le preguntó:

—¿Y ahora qué?

El pájaro le contestó:

—Llévalo lejos de aquí, confía en mí.

El genio lo miró de arriba a abajo y le contestó:

—Si tú lo dices… aunque no te creas tú que a mí me dais mucha confianza los seres emplumados. En fin…

Atravesó la pared y, cuando estuvo junto a la cama del vagabundo, cerró los ojos para concentrarse y, a los pocos segundos, hizo un chasquido con los dedos y, agarrándose a su durmiente amigo, desaparecieron los dos en medio de una vaporosa explosión. ¡Flop!

El muñeco

Al instante, nuestro genio volvió a materializarse en el claustro de los jardines. Se miró las manos y, al ver que no llevaba a nadie con él, exclamó:

—¡Pero cómo puedo ser tan bobo! ¡Me lo he dejado por el camino! ¡Esto pasa por confiar en un genio primerizo! ¡Ya decía yo...!

El genio no hacía más que lamentarse.

En ese momento escuchó el sonido de unos ronquidos a pocos pasos de donde él se encontraba; se volvió para buscar al pobre vagabundo y, al verlo dormido sobre la hierba, se percató de que alguien le miraba desde una posición más elevada. Era el ave de colores, que le observaba desde la rama de un árbol.

—¡Vaya con el genio primerizo! —dijo el pájaro—. ¡Pues no se te da tan mal! Para ser tu primera fuga ha estado bastante bien.

—Gracias por el cumplido —respondió el genio—, pero viniendo de un pájaro loco... No sé qué pensar.

—Será mejor que pienses qué vas a hacer con este pobre hombre antes de que se despierte —dijo el ave de colores.

—¡Pues ahora verás! —dijo el genio. Cerró los ojos para aumentar su concentración y, al abrirlos de nuevo, fijó su mirada en aquel hombre, al tiempo que hizo unos cuantos pases mágicos con sus manos sobre su rostro dormido, mientras exclamaba:

—¡Salazam!

En ese momento desapareció el vagabundo, al tiempo que saltaban algunas hojas por la pequeña explosión que sucedió al fenómeno.

—¿Qué has hecho con él? —preguntó el pájaro.

—Lo he puesto a buen recaudo —le contestó—. Y ahora, si no te importa... tengo cosas que hacer.

Dio tres vueltas sobre sí mismo y desapareció dejando tras de sí una vaporosa nube. ¡Flop!

A los pocos segundos reapareció sobre el tejado de la casa de Esmeralda. Miró a su alrededor y vio que la veleta del tejado estaba orientada hacia el oeste. Entonces dijo:

—Bien, parece que todo está en orden, esta vez entraré por la chimenea, no sea que me encuentre con la anciana en las escaleras y quiera darme otra leche.

Se metió por la chimenea de la casa convirtiéndose en una nube de vapor.

Eran las ocho y media de la mañana y Esmeralda y su madre se encontraban en la cocina preparando el desayuno. Su madre se afanaba en hacer unas ricas tostadas sobre una sartén, por lo que la campana extractora de la cocina estaba conectada.

Nuestro genio, al acercarse a la parte que conectaba el tubo de la chimenea con el tubo de la campana extractora, escuchó el zumbido que salía de allí, que le dejó medio sordo. Cayó en la chimenea del salón con todo el cuerpo lleno de hollín, mascullando:

—¡Hay que fastidiarse, este Eolo no me deja ni respirar con sus puñeteros zumbidos! ¡Al final me va a dejar sordo!

Tanto fue el hollín que arrastró nuestro humeante amigo que, al contacto con su vaporosa piel, la nube de vapor de la que el genio estaba hecho quedó absorbida por el polvo negro. El genio se vio impotente, mientras sentía como se iba encogiendo sin poder evitarlo, hasta que su tamaño se redujo a unos quince centímetros de estatura. Al estar tan compactado, quedó pesado y con poca movilidad.

En ese momento entró en el salón donde estaba la chimenea la pequeña Esmeralda, que jugueteaba mientras su madre preparaba el desayuno.

Al ver a nuestro amigo en el suelo, exclamó:

—¡Un muñeco! —Y se abalanzó sobre él sin que el apurado genio pudiese hacer nada.

Antes de que su madre se diera cuenta, lo escondió dentro de su mochila para llevarlo con ella al colegio. Al cerrar la cremallera, nuestro reducido amigo exclamó con voz de pito:

—Encima de sordo, ciego. ¡No veo nada!

Pasó bastante tiempo y nuestro invidente genio recuperó la audición. Entonces dijo:

—¡Vaya, por lo menos no me he quedado sordo! Aunque no veo nada.

Escuchó el ruido de la cremallera de la mochila.

Cuando terminó de abrirse del todo, vio como una mano se introducía en el interior y, cogiéndolo por su cintura, lo sacaba hacia afuera. Se encontró frente a frente con la pequeña Esmeralda, que se recreaba con la mirada admirando su muñeco.

—¡Qué bonito es! —dijo.

El genio, que la miraba atónito, no hizo ni pestañear.

La pequeña ya había salido del colegio y, mientras iba a su casa, se detuvo en unos jardines. La niña empezó a manosear su nuevo juguete, pero entonces se dio cuenta de que sus manos se ennegrecían conforme lo iba tocando.

—¡Está sucio! —exclamó algo disgustada—. Voy a ver si lo lavo un poco en la fuente.

Apretó el botón para que saliera el agua y, al momento, la fuente sacó un potente chorro. La niña metió entonces su muñeco bajo el chorro de agua para lavarlo. El agua chocó con fuerza sobre la cara de nuestro genio. Éste, como no veía nada debido al potente chorro y a las friegas que la niña le daba con todo su frenesí, empezó a quejarse por semejante tortura.

—¡Para, para, que me vas a desgastar!

La niña no daba crédito a sus oídos.

—¡Y además habla! ¡Qué chuli! —exclamó con gran ilusión.

El genio, que no quería disgustarla, al ver que con el agua se iba liberando de su prisión de hollín e iba recuperando sus dotes mágicos, decidió seguir el juego con la niña y no cambiar de tamaño.

La niña, viendo que su muñeco había quedado totalmente blanco, se puso muy contenta y, como tenía muchas ganas de jugar con él, le hizo una pregunta:

—¡Hola! ¿Cómo te llamas?

El genio contestó:

—Todavía no tengo nombre, si quieres puedes ponérmelo tú.

A la niña se le encendieron los ojos, estaba cada vez más contenta con su nuevo juguete.

—¡Ya sé, te llamaré 'Lucerillo'!

A nuestro pálido amigo no le disgustó su nuevo nombre y decidió seguir la corriente a su nueva amiga ya que, pensó, así sería más fácil llevar a cabo su misión.

La niña continuó hablando.

—No le diré nada a mamá, que luego dice que tengo mucha fantasía y me imagino cosas que no existen.

Mientras la niña parloteaba llevando al muñeco en su mano, iba caminando por la calle en dirección a su casa.

Pasó al lado de un kiosko de revistas y periódicos. Nuestro genio echo un vistazo mientras pasaban por delante del kiosko y, no pudiendo evitar que se le fuesen los ojos hacia la foto de un diario que sacaba las noticias de última hora, se quedó atónito al darse cuenta de que el de la foto era el pobre vagabundo prisionero. Con impaciencia leyó los titulares que decían:

—¡El vagabundo que robó las joyas del patio de la Esperanza ha fallecido esta mañana en la prisión debido a un paro cardíaco! —El genio no daba crédito a lo que estaba leyendo—. ¿Cómo es posible? ¡Pero si yo lo saqué de allí! No puede ser. ¿Qué es lo que está pasando?

Mientras tanto, la niña saltaba y cantaba ajena a todo aquello, al tiempo que se dirigía hacia su casa ilusionada con su nuevo juguete. El genio, que estaba con la mosca detrás de la oreja, vio por el rabillo del ojo al pájaro multicolor que sobrevolaba por encima de sus cabezas.

Al verlo pensó: "¡Ya está ahí ese pájaro loco! ¿Qué habrá hecho esta vez?".

Enseguida llegaron al portal de su casa y allí estaba esperándoles la misteriosa anciana.

—¡Hola Esmeralda! —dijo la anciana.

—¡Hola Ángeles! —contestó la niña.

—¿Qué tal te ha ido hoy en el colegio?

—Muy bien —dijo la niña.

—Te veo muy contenta, ¿te ha ocurrido algo especial?

—Sí —prosiguió la pequeña—, me he encontrado este muñeco que habla.

—Es muy bonito —dijo la anciana mientras iban subiendo las escaleras—, aunque no tiene piernas.

—Si, pobrecito —repuso la pequeña.

Ya estaban dentro de casa, en la cocina, cuando la anciana le dijo:

—Hoy tienes para comer macarrones.

—¡Yupi, qué bien! —contestó ilusionada la pequeña.

—¡Ale, mi amor!, mientras comes yo te guardaré el muñeco o, mejor aún, lo llevaré a mi taller a ver si te lo puedo arreglar.

—¡Genial! —dijo la niña.

Con cara de preocupación, nuestro pálido amigo tragó saliva: ¡glup!

La anciana le miró de reojo, haciéndole un guiño, mientras sonreía. La pequeña terminó de comer y se fue a echar la siesta. Su cuidadora le dijo:

—Descansa mi amor, yo me marcho y enseguida vendrá mamá de trabajar.

—Muy bien —le contestó—, hasta luego.

¡La leche!

Pasó algo de rato hasta que la anciana llegó a su pequeño taller, entró y pasó a la trastienda. Sacó el muñeco del interior de su bolso mientras le decía:

—¡Vamos 'Lucerillo'! Ya puedes volver a tu forma habitual.

¡Flop! Nuestro genio volvió a su tamaño, al tiempo que le decía a la anciana:

—¡Desde luego, ya caben cosas en este bolso! Gafas, llaves…

—¡Y hasta genios! —repuso la anciana, echando una carcajada.

—Bueno, poniéndonos más serios… —continuó el genio mientras la anciana lo miraba con cara de sorpresa—. ¿Puede saberse qué es lo que ha pasado con ese pobre hombre?

—Pensaba que tú me lo ibas a contar —contestó la anciana.

—¿Yo? —preguntó el genio, con cara de asombro.

—Sí —dijo ella—, tú te lo llevaste de la cárcel, ¿no te acuerdas?

—Desde luego, pero lo puse a buen recaudo —prosiguió el genio—. ¡No entiendo nada!

—Paciencia —dijo ella, mientras señalaba el misterioso reloj que colgaba de la pared—, todavía tenemos tiempo.

Nuestro amigo lo miró y vio que las manecillas estaban en la letra T.

—¡Genial! —contestó—. ¡Esto es de locos! T de tiempo, T de tontería, T de torta, je, je, je.

Entonces, la anciana le soltó una bofetada en la cara que hizo que se callase de golpe.

—¡Caramba! —dijo el genio—. ¡Esta vez no he desaparecido!

—¡De eso se trata! —añadió la anciana, mientras el genio ponía cara de empezar a entender algo.

—O sea —dijo el genio—, que después de aquella leche una parte de mí se fue para el patio de la cárcel. Y la otra…

—Se quedó allí —dijo ella—: una parte de ti y del vagabundo murió. ¿Entiendes ahora lo que pasó?

—Creo que sí. Entonces, no fue tan mala la idea que tuve de cambiarle el rostro a ese pobre desgraciado… ¿no?

—No, no fue tan mala —repuso la anciana—. De hecho, cuando le diste las joyas, al ver la que se avecinaba, yo cambié el nombre de su DNI: en vez de Pedro Juan, su nombre paso a ser Juan Pedro.

—En estos momentos sigue mendigando a las puertas de la iglesia —dijo el genio.

—Sí, pero el susto que se llevó cuando se vio la cara en el espejo de los baños públicos fue morrocotudo —dijo ella.

—¡Baah! —dijo el genio con aire más desenfadado—. Eso no es nada, peor fue el susto que me llevé yo cuando me vi la cara en casa de Esmeralda por primera vez.

—Ja, ja, ja —Ambos se echaron a reír.

El genio comenzó a sentirse más ligero y, sintiendo que empezaba a disolverse, exclamó:

—¡Ay, Dios mío!

La anciana le contestó con tono de humor:

—Sí, ése es un buen lugar para que sigas con tu misión.

¡Flop! El genio desapareció.

Cayeron unos cuantos cientos de hojas antes de que nuestro genio volviese al mundo de los humanos, ya que estuvo algunos días reflexionando en su mundo sobre todo lo que le había acontecido hasta el momento... entonces decidió volver.

Ya era tarde y estaba empezando a oscurecer. El pobre vagabundo había estado toda la tarde pidiendo limosna en la calle y, antes de que cayera la noche, se metió en el patio de los jardines para hacer sus oraciones.

Estaba con los ojos cerrados cuando, delante de él, nuestro amigo comenzó a materializarse.

El mendigo, al verlo, exclamó:

—¡Otra vez tú!

—¡Sí! —contestó el genio, con aire de solemnidad.

—Después de lo que me pasó, ¿cómo es posible? —dijo el vagabundo, algo disgustado.

—Sólo te mostré el camino —repuso el genio.

—¿El camino? —protestó el vagabundo.

—¡Sí! —le contestó—. El camino por el que no se debe andar, el camino que debes abandonar, el juego, las apuestas y hasta el trueque con posesiones ajenas sólo conducen a un sitio...

—¡A la cárcel! —dijo el vagabundo un poco más calmado—. Es verdad, he dejado la bebida pues creía que me estaba volviendo loco cuando vi que me había cambiado la cara, pero luego comprendí que sólo podía tratarse de un regalo del cielo, una ayuda para que nadie me reconociese y así evitar la cárcel.

—¡Y algo más! —continuó el genio—. Es una señal para cambiar de actitud. Para un nuevo comienzo.

—Sí, eso creo —le contestó—, pero no sé por dónde empezar y, además, no hago otra cosa que pensar en mi pobre mujer y en la pequeña Esmeralda. Con esta cara, ¿cómo van a conocerme? Además, pensarán que estoy muerto, ya que algo muy raro ocurrió en la cárcel... y luego, la noticia de mi muerte; además, en mi DNI pone Tomás y antes ponía Juan Pedro. ¡No entiendo nada!

—No hay que preocuparse por eso —continuó el genio—, todo en su momento se aclarará. Hay que tener fe, los cambios llevan su tiempo, debes confiar en mí. Además, creo que te mereces más que nadie algo bueno, ya que al rezar demuestras ser generoso, pues no pides nada para ti, siempre pides para que no le falte de nada a los tuyos. Así que cierra los ojos y reza.

El vagabundo cerró los ojos y se puso a meditar en silencio, para hacer su rezo estando lo más sereno posible.

Al cabo de unos minutos, abrió los ojos y el genio había desaparecido.

Entonces dijo:

—¡Señor, dame tu luz, haz de mí tu más fiel servidor!

En ese momento pasaba junto a él el encargado de cuidar aquel patio, que se dirigía hacia la puerta para cerrarlo al público. Y, al ver al vagabundo rezando con tanta devoción, le dijo:

—Espera aquí un momento, mientras cierro el recinto, hoy cenarás caliente y dormirás en un buen colchón.

Cerró las puertas y se lo llevó con él.

A la mañana siguiente la madre de Esmeralda estaba trabajando, haciendo las labores del hogar en casa de una mujer que le pagaba por horas. Su trabajo consistía en limpiar la casa, hacer las camas y preparar la comida.

Se encontraba en la cocina haciendo un arroz con leche. Abrió la nevera para coger una botella de leche y, cuando la abrió nuestro genio salió de su interior como una vaporosa nube, al tiempo que se iba materializando mientras la mujer no daba crédito a lo que veían sus fatigados ojos.

Al ver al genio totalmente materializado, se cayó para atrás, quedándose sentada en una silla de la cocina. Le empezó a entrar el tembleque en el cuerpo e hizo un gesto como para coger el paquete de cigarros que estaba encima de la mesa.

El genio, al ver lo que se disponía a hacer, no dijo nada y dejó que se encendiera el cigarro. Esto la tranquilizó un poco. Entonces, echó el humo en dirección al genio y éste desapareció entre el humo, como una nube de vapor.

Entonces, la mujer miró al cigarro y lo apagó en el cenicero.

—¡Voy a tener que dejar de fumar —dijo—, tanto tabaco me acabará derritiendo las neuronas! Pero, ¿cómo podré hacerlo si no hago más que pensar en mi difunto marido? Además, la pobre Esmeralda no quiere admitir que su papá murió dentro de la prisión... ¡No sé qué hacer!

Las noticias

Eran las cinco de la tarde cuando la pequeña Esmeralda se despertó de la siesta en su cama, giró la cabeza hacia un lado y vio con sorpresa que encima de la mesa de su cuarto estaba su querido muñeco 'Lucerillo'. Se levantó de la cama, lo cogió entre sus brazos y, llevándolo hacia el pecho, le dio un abrazo.

Su madre, que había llegado hacía un rato, abrió la puerta de su habitación sin hacer ruido; entonces vio como su pequeña hablaba con aquel extraño muñeco.

La niña le decía:

—Te he echado mucho de menos.

El muñeco le contestaba:

—Yo a ti también.

Ella prosiguió:

—Ya veo que por fin tienes piernas, me alegro mucho.

Él dijo:

—Sí, ahora sólo me falta aprender a andar.

La madre cerró la puerta con cautela, sin que la niña se diera cuenta, al tiempo que ponía cara de pasmada mientras decía en voz baja:

—¡Esto del tabaco es más grave de lo que yo pensaba, tengo que dejarlo sin falta o acabaré hablando con las botellas de leche!

El genio aprovechó para hablar con la pequeña sin ser molestado por nadie.

—¡Oye! —le dijo a la niña—, ¿a ti quién te enseñó a andar?

Ella le contestó con algo de pena:

—¡Mi papá!

—¿Por qué estás triste? —le dijo él.

—Pues porque se fue de casa y le echo mucho de menos y ahora no sé dónde está. Además, mi mamá dice que mi papá murió en la prisión, pero yo sé que sigue vivo.

El genio puso cara de asombro y aprovechó para seguir con sus planes. Le dijo:

—¿Sabes que yo soy un muñeco mágico?

Ella le contestó:

—¡Pues claro! ¿Te crees que soy tonta? Los muñecos no hablan y tú sí.

—Con mi magia puedo encontrar a tu papá —le dijo.

—¿Ah, sí? —dijo ella—. ¡Yo quiero, yo quiero!

—Bueno —continuó el muñeco—, pero antes de que lo veas, te tengo que contar un secreto.

—¿Cuál? ¿Cuál? —dijo la pequeña, cada vez más entusiasmada.

—El secreto es… que él está un poco cambiado. Él se fue de casa porque hacía cosas feas que a tu mamá no le gustaban.

—Sí, ya lo sé —dijo ella algo apenada.

—Pero ahora es distinto —continuó el genio— y tanto ha cambiado que hasta su cara es diferente.

—¿Sí? —preguntó ella, algo preocupada.

—Sí, pero os sigue queriendo igual que antes a las dos, su corazón sigue siendo el mismo y eso es lo único que importa de verdad. Mañana, cuando vayas al cole te daré una sorpresa.

—¡Yupi, qué bien! —exclamó la pequeña.

En ese momento, abrió la puerta de la habitación la madre.

—¿Qué pasa Esmeralda? —preguntó, un tanto extrañada por los gritos de su hija.

—Nada mami —contestó—, que como ya es la hora de la merienda estoy muy contenta. ¿Me das un vaso de leche con galletas?

La madre, un tanto apurada le dijo:

—¿Leche? Pero si nunca tomas leche para merendar.

—Ya, pero hoy, no sé por qué, me apetece.

La madre puso cara de circunstancias al tiempo que pensaba: "¡Otra vez leche! No puede ser casualidad". Tiró el paquete de tabaco a la basura, mientras le decía a la pequeña:

—¡Ale! Meriendas y nos vamos a dar un paseo, ¿vale?

—¡Bien! —le contestó la niña, muy contenta.

Se prepararon y salieron de casa.

Entonces, el genio aprovechó para volver a su forma original, mientras decía:

—¡Uuuff, qué alivio! Esto de reducirse te deja machacado todo el cuerpo, con lo bien que se está flotando entre la rica leche de una botella.

Fue a mirarse en el espejo del baño, a ver si tenía todos los huesos en su sitio. Se puso frente al espejo y, al mirarse, dijo:

—¡No puede ser, cada día estoy más guapo!

Escuchó una especie de tintineo, que le extrañó, por lo que se dijo a sí mismo:

—¿No estaré soñando? Porque no veo a campanilla por ninguna parte.

Entonces se dio cuenta de que el ruido venía de la ventana del baño. Alguien estaba dando golpecitos en el cristal, detrás de la cortina. Echó la cortina hacia un lado y, al ver lo que había afuera, exclamó:

—¡Tú otra vez!

Era el pájaro de colores que daba golpecitos con su pico en el cristal.

—¿Qué pasa, es que hasta que no me salgan plumas no vas a dejar de perseguirme? ¡Estás loco si crees que te voy a abrir la ventana!

En ese instante se abrieron todos los grifos del baño al mismo tiempo y empezaron a echar agua caliente. Nuestro vaporoso amigo, al verse rodeado de tanto vapor de agua, empezó a desvanecerse mientras sentía que se iba disolviendo en medio de aquella niebla y... ¡flop! Desapareció.

¡Piiiisssshh! A los pocos segundos nuestro amigo se despertó en medio de un fuerte pitido que le estaba dejando sordo. Al oír semejante, ruido exclamó:

—¿Pero es que Eolo no me va a dejar ni respirar?

En ese momento, escuchó la voz de la anciana que le decía:

—Como siempre, llegas puntual a la hora del té.

Se miró a sí mismo y vio sorprendido cómo su vaporoso cuerpo salía de una de las teteras que guardaba la anciana en la trastienda de su taller. La tetera estaba en el fuego y el genio salía por la boca a través de la cual se sirve el agua caliente. Al sentir semejante calor, dijo:

—¡Que me abraso!

La anciana lo miró y le dijo sonriendo:

—Caliente, caliente. Ya veo que vas poco a poco completando tu misión.

El genio terminó de materializarse y la anciana le invitó a tomar asiento, al tiempo que echaba unas risitas.

Entonces él le contesto:

—¿Que me siente? ¡Pero si no tengo culo! ¿Cómo me voy a sentar?

Sin dejar de sonreír, ella le dijo:

—También pensabas ponerte hasta el culo en mi casa y aquí estamos. Ya ves que es mejor no hacer planes de nada, porque luego las cosas vienen como tienen que venir, por sí solas. Todo tiene siempre dos caras. Y hablando de caras…

—¡Eso! —dijo el genio—. ¿Qué le pasa a mi cara y cómo es que al vagabundo no le extrañó volver a verme?

—Es muy sencillo —dijo la anciana—, él en todo momento ha estado hablando consigo mismo, con su interior. En sus oraciones buscaba su yo más profundo, aquél del que te hablé aquella vez cuando te di el espejo. En realidad, él no es del todo consciente de que tú existas, ya que cree que tú eres una parte de él mismo que se manifiesta en sus oraciones, y no está del todo desencaminado, ya que todos en el fondo estamos conectados los unos a los otros y por eso es que tu cara refleja cada vez más belleza, debido a los cambios que estás realizando sobre ti mismo.

—Por cierto —preguntó el genio—, ¿cómo es que usted tiene la misma cara que ese reloj de sol que hay en la pared del patio?

Ella le contestó:

—¡Ah! ¿eso? Eso tiene que ver con el pájaro ése que tanto te gusta.

Y sacando unas plumas de colores se las empezó a pasar por la nariz a nuestro sorprendido amigo, el cual empezó a sentir un cosquilleo que hacía que la nariz le picase cada vez más, hasta que no aguantó y… ¡Achíss!

Soltó un sonoro estornudo y desapareció en una moqueante explosión. ¡Flop!

Al poco rato, nuestro amigo se encontraba en forma de muñeco sobre la mesa del cuarto de la pequeña Esmeralda.

"¡Otra vez encogido!", pensó. "Pues tengo para un rato; hasta que sea de noche no podré descansar. ¡Qué fastidio!".

Nuestro amigo estaba dándole vueltas a cómo acabaría resolviendo su misión, comiéndose el coco. Le empezó a doler la cabeza de una manera que nunca antes había sentido.

—¡Habrase visto! —dijo—. Qué dolor más extraño, es como si...

—¡Eolo, suéltalo! —Escuchó gritar la voz de Esmeralda. Abrió los ojos despertando súbitamente del sueño en que estaba sumido. Un gato tenía su cabeza metida entre los dientes.

—¡Eolo, ya vale! —volvió a gritar la madre de la pequeña, que se afanaba junto a su hija en sacar a nuestro aturdido genio de las fauces de aquel felino.

—¡No seas malo, dámelo ya! —dijo la madre al tiempo que le daba un cachete a su gato y sacaba a nuestro asustado muñeco de la boca de su mascota.

—¡Gato malo! —dijo la pequeña.

Nuestro genio enmudeció, bloqueado por aquella inesperada sorpresa. La madre lo cogió y lo miró con cara de extrañeza.

—No sé, no sé... —dijo—. El caso es que su cara me suena.

Ella cerró los ojos para hacer memoria, entonces el genio aprovechó para darle un aire un poco distinto a su magullada cara. La madre lo miró de nuevo y, al verlo cambiado, dijo:

—No me hagas caso, Esmeralda, son cosas mías —Y se lo dio a la pequeña, al tiempo que se iba hacia el cuarto de estar para ver un rato la tele.

La pequeña se fue a su cuarto con el mordisqueado muñeco, para tratar de curarlo.

—¡Ese gato malo! —dijo.

El genio le contestó:

—Estoy de acuerdo contigo, casi me arranca la cabeza. Y, por cierto, ¿por qué lo llamas así?

—Es que el día que se lo regalaron a mi mamá hacía mucho viento y le pusimos ese nombre. Se llama igual que el Dios del Viento.

—Lo sé, lo sé —dijo el genio—. ¡Ese tal Eolo y yo somos muy amigos! —añadió al tiempo que subía el tono de voz y miraba hacia arriba.

—¿Ah, sí? —preguntó la pequeña—. ¿De verdad? ¿Y cómo de amigos?

—Pues...

En el momento que iba a responder a su amiga, se abrió la puerta de la habitación repentinamente.

—¡Ven corriendo, Esmeralda! —dijo la madre—. Están dando una noticia en la tele que debes ver.

Las dos salieron corriendo hacia el salón y nuestro magullado genio las siguió con cautela, para no ser visto. El telediario de la noche estaba dando una noticia curiosa que, al parecer, se había producido hacía ochenta años.

La noticia decía así:

"El próximo sábado dentro de tres meses a las 13.00 horas se producirá el extraño fenómeno del patio de la Esperanza".

El genio pensó: "El patio donde estuve con el pobre vagabundo. ¿Será casualidad?".

El presentador del telediario continuó:

"*Este fenómeno, que sucedió hace ochenta años, se conoce gracias a las investigaciones del encargado de dicho recinto, ya que se encuentra archivado en los libros de la biblioteca del Ayuntamiento. El curioso fenómeno se conoce con el nombre de solísis y es el producto de la conjunción de los rayos del sol, que vienen a incidir sobre el misterioso reloj de sol, que no puede marcar las horas debido a la ausencia de la varilla metálica que debería hacer la sombra para marcarlas. En realidad, nadie sabe a ciencia cierta lo que ocurrirá ese día, ya que se especula con que los rayos del sol incidan de alguna manera sobre los ojos de las gárgolas reflejando los rayos del astro rey, pero son sólo especulaciones ya que, que se sepa, nadie de los que vieron este fenómeno por última vez vive en la actualidad. Los ojos de las gárgolas de este patio portan piedras muy valoradas, ya que tienen una óptica especial, y, como recordarán, los ojos de la gárgola del Dios Eolo fueron robadas por un vagabundo que, tras ser capturado, ingresó en prisión y luego misteriosamente apareció muerto por un paro cardíaco en el comedor del centro penitenciario...*".

En ese momento, la madre quitó la voz del televisor y, entre lágrimas, mirando a su pequeña le dijo:

—¿Lo ves, Esmeralda? Lo que te conté de tu padre era cierto, él nos ha abandonado, se ha ido, ha fallecido. ¿Ahora me crees?

La niña miraba a su madre sin perder detalle de lo que le decía. En ese momento y con una firmeza poco común para una niña de su edad, le contestó:

—Mami, no estés triste, yo sé que tú crees que a veces tengo fantasías, pero yo sé que muchas de las cosas que yo veo son de verdad. Papá no está muerto, él sigue vivo aunque tú no te lo creas; además, ¿no decías que te dijeron que se llamaba Juan Pedro? Y papá no se llama así.

La madre, con los ojos llorosos, le contestó:

—Cariño, sé que te cuesta creer que él se haya ido, pero yo lo vi cuando me llamaron para comprobar que era él, lo vi con mis propios ojos y tuve que decirle a la policía que el nombre del DNI estaba al revés sin saber por qué.

A la niña le brillaron los ojos como dos esmeraldas. Miró a su madre con una mirada llena de luz y le dijo:

—Ya lo sé, mami, pero ése no era papá, él sigue vivo porque yo así lo siento en mi corazón y algún día verás que tengo razón.

La madre, que ya no sabía qué decir, se abrazó a su pequeña y siguió llorando.

En ese momento, nuestro querido genio aprovechó para hacer uno de sus trucos de magia y apareció en medio del salón como una vaporosa nube con forma humana y, poniendo una voz solemne, dijo:

—Ten fe mujer, las cosas no siempre son lo que parecen, no dejes nunca de escuchar la voz de tu corazón.

Y desapareció.

La madre, que estaba con la boca abierta ante semejante aparición, ya no sabía qué creer, estaba hecha un lío, giró la cabeza para mirar a su pequeña y ésta, que no dejaba de mirarla, dijo:

—¿Lo ves, mamá? ¿A que tú también lo has visto? Pues yo lo veo en mis sueños, pero esta vez ha sido distinto… Porque tú también lo has visto, ¿verdad?

La madre, que ya estaba un poco más calmada, le contestó:

—Sí cariño, yo también lo he visto, aunque no sé lo que es. Yo también lo he visto.

Y las dos se quedaron dormidas, abrazadas en el sofá del cuarto de estar.

El jardinero

Ala mañana siguiente y después de desayunar, ambas salieron de casa en dirección al colegio de la pequeña.

Cuando llegaron a la altura de los jardines que estaban de camino al colegio, la niña se fijó en el extraño pájaro de colores que en esos momentos volaba por encima de ellas.

Al verlo, dijo:

—¡Mami, mami, mira qué pájaro más bonito!

—Sí —dijo la madre—, es muy bonito.

—Sí —dijo la niña— y seguro que es un ave de ciudad, con esos colores que tiene, rojo, amarillo y verde, parece un semáforo. Ja, ja, ja…

Y ambas empezaron a reír sin perder de vista a la curiosa ave. El pájaro, entonces, fue a posarse sobre uno de los hombros de un hombre que limpiaba los jardines.

Ellas, al pasar junto a él, le preguntaron:

—¿Es suyo el pájaro?

Él contestó:

—Hoy es el segundo día que vengo a trabajar aquí y ayer también se me puso encima, le habré caído bien, quién sabe…

—Pues eso será —dijo la madre de la pequeña.

—Y qué bonito es —afirmó Esmeralda.

Ambas sonrieron al jardinero y éste les devolvió la sonrisa, al tiempo que le guiñaba el ojo a la pequeña.

La madre le preguntó, mirándole a los ojos:

—¿No nos hemos visto antes?

Él le contestó:

—Es posible, al cabo del día veo a mucha gente ya que trabajo en la calle.

—El caso es que me resulta muy familiar —insistió ella.

—¡Quién sabe! —dijo él—. De todas formas, a lo mejor cualquier día volvemos a vernos.

—A lo mejor —contestaron las dos.

—¡Ale, venga, que vamos a llegar tarde al cole! —dijo la madre—. ¡Vamos!

—Ha sido un placer —dijo él, despidiéndose de la dos.

—Hasta la vista —dijo la madre.

Mientras se iban alejando, el jardinero las miraba al tiempo que dijo, en voz baja:

—Señor, cuida de ellas, que nunca les falte de nada.

Ajena a esta plegaria, la madre le preguntó a su pequeña:

—¿Oye, Esmeralda, lo de ayer fue un sueño o lo vimos en la tele?

—No sé, mami… ¡Como nos quedamos dormidas! No estoy segura del todo, pero para mí que fue real.

Al poco rato llegaron al colegio y se despidieron la una de la otra.

—Hasta la tarde, Esmeralda.

—Hasta luego, mami.

La madre llegó a su trabajo y se puso a limpiar el salón. Cuando terminó de limpiar se puso a regar el jardín. En el momento en que se disponía a regar el rosal, descubrió que su jefa había comprado una figura para adornar esa parte de aquella bonita parcela. La figura era de un hombre y una mujer que abrazados, que miraban un hermoso pájaro de colores que él sostenía en una de sus manos. Junto a esta figura había un muñeco caído en el suelo, encima de la hierba, que curiosamente se parecía al muñeco de su hija.

La mujer lo recogió y, al mirarlo, se dijo:

—¡Qué casualidad, es como el muñeco de Esmeralda! ¿Se habrán puesto de moda estos muñecos para los niños?

Observándolo, se dio cuenta de que el muñeco llevaba una cadenilla atada a uno de sus tobillos y que, al final de la misma, había una placa metálica que tenía unas palabras escritas:

Leche esperanza, para corazones sedientos

La mujer no daba crédito a lo que veían sus ojos:

—¡Será posible! —dijo—. ¡Ya no saben qué inventar para vender leche! Pero…

En ese momento el muñeco movió su brazo indicando con el dedo hacia aquella figura.

La mujer se asustó al ver que el misterioso muñeco tenía vida. Lo soltó de golpe y éste se disolvió en medio de una nube vaporosa. ¡Flop!

La cadenilla salto por los aires y fue a parar al cuello de la mujer de la figura, quedando como un collar.

La mujer, al ver lo que había sucedido, empezó a creer que tal vez su hija tenía un don que para ella había pasado desapercibido hasta entonces. Un don que se negaba a reconocer.

Entonces, miró el collar de la figura y leyó:

Esperanza para corazones sedientos de Fe

La palabra leche había desaparecido, al igual que el muñeco, y en su lugar había aparecido la palabra Fe.

Eran demasiadas cosas como para pasar desapercibidas. Recordó lo que le había ocurrido cuando preparaba el arroz con leche y asoció el genio con la leche, y se dio cuenta de que algo mágico estaba sucediendo en su vida.

Al volver a mirar la bonita figura del jardín, un rayo de esperanza comenzó a iluminar su dolorido corazón.

El colegio

Era media mañana y esmeralda estaba en clase con sus compañeros. Estaban dando la asignatura de Ciencias Naturales.

La maestra les estaba explicando de manera práctica los posibles estados del agua: líquido, sólido y gaseoso.

Para hacer su experimento, la profesora había traído de su casa una botella vacía. Una vez llena de agua, vació el líquido en una cazuela que se estaba calentando con la ayuda de un hornillo de gas.

Al poco rato el agua estaba hirviendo. La profesora cogió entonces un cristal y lo puso sobre la nube de vapor para que sus alumnos viesen cómo el agua se condensaba sobre su superficie.

Mientras tanto, la profesora había puesto agua en una bandeja dentro del congelador para enseñar a sus alumnos el estado sólido del agua. Sacó la bandeja y la puso sobre una mesa para que la viesen todos. La bandeja se movió sola y cayó al suelo: el hielo se hizo añicos y los cientos de pedazos en que quedó convertido adoptaron la forma de un corazón.

Esmeralda, que estaba muy atenta, se fijó en esa forma que para el resto de la clase pasó desapercibida, ya que a los pocos segundos del accidente sus compañeros se asustaron y salieron corriendo, pisando el hielo que estaba esparcido por el suelo. Algunos de ellos se resbalaron y cayeron, produciendo una situación que fue bastante divertida.

Todos se reían mientras la profesora les mandaba guardar silencio y, como todavía el resto del agua estaba hirviendo en la cazuela, se fue formando una nube de vapor.

Nuestro genio aprovechó ese instante de confusión para adoptar forma humana en medio de la nube. Entonces saludó a la pequeña con la mano e inmediatamente desapareció, mientras la nube de vapor se desvanecía.

Cuando la pequeña salió del colegio, al llegar a los jardines que le venían de paso hacia su casa, abrió su mochila para sacar su muñeco y mientras lo miraba se reía diciendo:

—¡Menudo lío el que has armado en clase! Ja, ja, ja…

—¿Te ha gustado la sorpresa? —preguntó él.

—Sí, mucho —le contestó ella—, me lo he pasado muy bien.

—Pues eso es para que te des cuenta de que, así como el agua puede cambiar de forma, las personas también pueden cambiar, pero en el fondo lo que de verdad importa está dentro de sus corazones.

—¡Oye! —le preguntó la niña—. ¿Tú sabes algo de un pájaro de colores muy bonito?

Él, poniendo cara de circunstancias le dijo:

—Hombre, bonito, bonito… no es.

Ella le contestó:

—¡Sí que es bonito, pero tú me gustas más! ¿No sabrás si tiene algo que ver con mi papá?

Él le preguntó:

—¿Y tú qué sentiste al verlo?

—No sé. Se me hacía un poco raro verlo sobre el hombro de ese jardinero, porque era como si a él lo conociese de antes. Además, me guiñó un ojo y me sonrió igual que solía hacerlo mi papá.

—Bueno —continuó nuestro genio—, si haces caso a lo que te dice tu corazón, al final acabarás encontrando a tu papá. ¡Ale, vamos para casa! A ver qué te ha preparado Ángeles para comer.

—Vale —contestó la pequeña, que metió a su muñeco dentro de la mochila y se puso a caminar hacia su casa.

La niña comió y se echó la siesta.

Entonces, el genio aprovechó para ir al baño a echar una meadita.

La muerte

El genio terminó de hacer sus necesidades en el baño y tiró de la cadena del váter. Pero se sintió absorbido por el agua de aquella taza.

—¡Ay, ay, ay!

Y desapareció.

A los pocos segundos, se sintió en medio de una corriente de agua que se desplazaba por encima de un tejado sobre el cual llovía con intensidad. Sin que él pudiera hacer nada por evitarlo, se vio arrastrado hacia la canaleta que, al final, llegaba a una especie de embudo a través del cual pasó arrastrado por la corriente.

Cuando salió por el desagüe se dio cuenta de que se trataba de la gárgola del pez y, arrastrado por la fuerza del agua, fue a chocarse contra el misterioso reloj de sol que estaba justo enfrente.

Aturdido por el golpe, nuestro amigo abrió los ojos y se dio cuenta de que la misteriosa imagen del reloj portaba entre sus cabellos cuatro plumas que para él habían pasado desapercibidas. Al igual que los cabellos de la imagen, las plumas estaban labradas en la piedra. Entonces, se dijo:

—Esto de las plumas me suena.

Sonó un ruido de trueno y un rayo que cayó sobre nuestro sorprendido amigo le hizo volatilizarse.

De pronto todo estaba oscuro. No se veía nada. Sintió que le pitaban los oídos con intensidad después de semejante estruendo. Se preguntaba dónde había ido a parar esta vez, ya que a su alrededor sólo había oscuridad. Flotó hacia arriba y se dio cuenta de que atravesaba una gran losa de piedra. Entonces se dio la vuelta y se pegó un susto de muerte, pues era de noche y las luces de los relámpagos dejaban ver de manera intermitente que se hallaba en un cementerio.

Miró la tumba de la que él había salido como un fuego fatuo y leyó en la lápida funeraria:

De tu mujer María y tu hija Esmeralda. Nunca te olvidaremos

Aunque te hayas ido siempre vivirás en nuestros corazones

En ese momento, tuvo la sensación de que alguien le estaba mirando. Se giró y vio que era un enorme cuervo negro.

—¡Joder, qué susto! —dijo.

—¿Susto? —le contestó el cuervo—. Para susto el que tiene en el cuerpo ese pobre desgraciado al que tratas de ayudar.

—¿Cómo que trato? —repuso el genio, un poco molesto por el tono de voz de aquel ave de mal agüero.

—¡Si ya se te veía venir! —continuó el cuervo—. Y eso que traté de impedir que metieras la pata. Perdón, que patas todavía no tienes, ¿no?

—¡Muy gracioso el tío sabiondo! —dijo el genio—. ¿Así que me querías ayudar?

—Así es —continuó el cuervo—, traté de impedir que le quitases los ojos a la gárgola, porque dada tu capacidad para actuar de forma imprevisible…

—¡Vaya, vaya! —dijo el genio.

—Eso digo yo —continuó el ave— y ahora aquí estás saliendo de la tumba de tu amigo. ¿O de la tuya? Porque vaya lío has armado.

—Nunca es tarde para morir —repuso el genio.

—Eso espero —dijo el cuervo—. ¿A ver si es cierto que tu amigo difunto ha cambiado de actitud definitivamente? Y tú también.

—Me voy a poner manos a la obra —dijo el genio—. Hasta luego.

¡Flop! Y desapareció.

Eran las tres y media de la tarde cuando el vagabundo se disponía a lavarse las manos en los baños de un comedor social, antes de la comida. Ese día el trabajo había sido duro, pues la limpieza de los jardines había sido más intensa debido a la gran cantidad de hojas que habían caído.

Después de echarse jabón en las manos, se enjabonó la cara para quitarse la porquería acumulada por tanto trabajo y sudor. En ese momento se miró al espejo y se asustó al ver que su rostro volvía a ser el de antes.

Pensó: "¡No es posible! Si salgo, me van a reconocer y me llevarán a la cárcel. ¿Qué puedo hacer?".

La imagen del espejo le empezó a hablar:

—No tengas miedo, Tomás, nada es lo que parece, no debes tener miedo de tu pasado, debes abrazarlo y aceptarlo con Amor, como una parte de ti que en su día fue necesaria para tu evolución personal. Recuerda. ¡Lo que de verdad importa se lleva en el corazón!

En ese momento volvió de nuevo su imagen actual al espejo. Tomás se tranquilizó y se fue hacia el comedor.

Nuestro genio salió de detrás del espejo y dijo:

—¡Si estoy más rato ahí, me quedo plano! Con la poca leche que tomo últimamente, me voy a quedar en el chasis. Je, je, je.

Las cuatro plumas

En ese momento, sonó el ruido de la cadena de uno de los váteres. Al oírlo, el genio dijo:

—¡Ostras, esos chismes cuanto más lejos mejor! ¡A ver si me va a llevar la corriente! ¡La próxima vez meo sin tirar de la cadena!

Abrió la puerta del baño bruscamente, queriendo huir de allí, pero la puerta chocó con el repartidor de la leche, que en ese momento pasaba por detrás con el carro lleno de botellas. Éstas se precipitaron sobre nuestro asustado genio, que cayó al suelo. Las botellas le fueron cayendo encima conforme se iban rompiendo. Nuestro amigo se desmayó, aturdido por el estruendo de tanta botella rota.

Al rato se despertó sintiendo que estaba flotando en un líquido blanco que le era muy familiar. Pensó: "¡Otra vez en una botella de leche!".

Cuando terminó de abrir los ojos, se dio cuenta de que estaba dentro del cubo de la fregona del bar y de que estaban a punto de tirarlo con toda aquella leche desperdiciada por la taza del váter.

El genio exclamó:

—¡Nooooo!

Pero ya era tarde y se fue por el desagüe.

Al poco rato sintió que se escurría por un pequeño chorro de leche que iba cayendo dentro de una taza de té.

—Supongo que esta vez te apetecerá el té sin leche, ¿no? —Era la voz de la anciana la que le hablaba—. Porque con la poca leche que tomas últimamente… Aunque hace un momento te has dado un buen atracón.

El genio, poniendo cara de circunstancia, dijo:

—Si usted lo dice.

Miró a su alrededor y se extrañó, pues esta vez no estaba en el cuarto de la tienda.

En lugar de teteras en las estanterías de aquel cuarto había libros, brújulas y utensilios más propios de un investigador.

La anciana, al verlo extrañado, le dijo:

—Al encargado del patio de La Esperanza también le gusta el té con leche.

—¿Al encargado? —preguntó el genio.

—Sí —continuó la anciana—, a él también le ayudo de vez en cuando en su casa.

—Claro, claro —dijo el genio—. Por cierto, que ya me he fijado en las cuatro plumas que lleva en los cabellos la cara del reloj de sol, a pesar del impacto que sufrí cuando me choqué con ella.

—¡Ah!, ¿sí? —dijo la anciana—, y… ¿has llegado a alguna conclusión?

El genio, haciéndose el interesante, dijo:

—Hombre, pues de momento me he dado cuenta de que están colocadas en los cuatro puntos cardinales. Y, hablando de números, en las noticias de la tele decían…

—¡Ah, la tele! —le interrumpió ella—. ¡Ese chisme que tanto atonta a la gente!

—Bueno —continuó el genio—, decían que hace ochenta años ocurrió un misterioso fenómeno.

—Sí —dijo ella—, en este momento estaba leyendo este libro que he cogido de la biblioteca del Ayuntamiento, pero lo raro es que no menciona nada sobre genios.

—¡Vaya! —dijo él, poniendo cara de no entender nada.

—Sí —continuó ella—, con tanta tecnología no hay ningún genio que sepa explicar el fenómeno.

—¡Ah! —dijo él—, ¿se refiere a esa clase de genios?

Ella le guiñó el ojo y continuó leyendo:

—Aquí pone que este patio tiene más de cuatrocientos años, pero el reloj de sol se colocó hace sólo ochenta.

—¡Ya, claro! —dijo él, lleno de curiosidad.

—Sí —continuó ella—, aunque las gárgolas son tan antiguas como el patio.

—¡Qué curioso! —dijo el genio.

—Sí —continuó la anciana—, ese viejo reloj de sol tiene mis mismos años.

Y entonces sonrió.

—¡Ahí quería llegar yo! —dijo el genio cada vez más picado por la curiosidad—. ¿Cómo es que tiene su misma cara?

—Es muy sencillo —dijo ella—, hace sesenta años le cayó un rayo y dejó el reloj muy deteriorado; buscaron a una modelo para la cara, ya que no conservaban ningún plano del reloj. Por aquellos tiempos esta ciudad era un pueblo y, no sé por qué, se fijaron en mí, que por aquel entonces sólo tenía veinte años. Así que sesenta más veinte son ochenta, ¿no? El encargado del patio es muy aficionado a las investigaciones y, mirando en los libros del Ayuntamiento, según sus cálculos… Bueno, no te voy a volver a contar lo que viste en la tele, salvo decirte que la gárgola de la que salían los rayos reflejados era la gárgola del león.

—¡Vaya, vaya con las dichosas gárgolas! —dijo el genio—. O sea, que la gárgola del león…

—Por cierto —dijo ella—, ¿tú no has estado nunca en áfrica con los leones?

—Que yo sepa, no —dijo él—. ¿Por qué?

Entonces, la anciana cogió la mano de nuestro intrigado genio y se la mordió.

—¡Ay, ay, ay! —exclamó—. ¿Pero ahora qué mosca le ha picado?

Y, ¡flop! Desapareció.

Conexión

Ya era de noche, pues en otoño el sol se pone pronto. Nuestro querido genio estaba en un lugar frío y oscuro. No veía nada a su alrededor cuando, de repente, se hizo la luz.

—¡Caramba! —dijo el genio—. ¡Esta cocina me suena!

Se encontraba dentro de una botella de leche, en la nevera de la casa de Esmeralda. La madre de la pequeña se disponía a tomar un vaso de leche junto a su hija allí, en la cocina de su casa.

Sacaron de la nevera la botella en la que estaba metido nuestro genio y, tras servirse un vaso, la dejaron sobre la mesa, un poco apartada de donde ellas estaban sentadas.

La madre hablaba con la pequeña.

—¿Qué tal, mi amor? Te noto un poco triste.

—Sí —dijo la niña—, es que desde que ayer me eché la siesta no sé nada de mi muñeco.

—¿Y no sera que no sabes dónde lo has dejado? —repuso la madre.

—¡Qué va! —replicó la pequeña—. Es que, como es mágico, va y viene a su antojo y le echo de menos.

—¿Mágico? —preguntó la madre.

—Sí —continuó la pequeña—, ya sé que tú no crees en estas cosas, pero seguro que algún día…

—Bueno —continuó la madre, tomando aire como queriendo creerse lo que iba a decir—, pues ayer en el trabajo vi a tu amiguito.

—¿Síií? —preguntó la pequeña, poniendo ojos de máxima atención.

—Sí —dijo su madre— y no sé qué me da que lo de la figura del jardín es cosa suya.

El genio trataba de ponerse lo más pálido posible, para pasar desapercibido entre la leche de la botella, sin perder detalle de la conversación.

—¿La figura? —preguntó Esmeralda.

—Sí, ¡una bonita figura! —Y cambiando el tono de voz a más dulce, prosiguió—. ¡Desde luego que tu amiguito tiene buen gusto!

Nuestro genio empezó a sentirse orgulloso por su pequeña hazaña y, poco a poco, se fue inflando sin poder evitarlo.

—¿Y cómo sabes que era él? —preguntó la pequeña.

—Porque el muñeco estaba allí, sobre el jardín, y cuando lo recogí y vi que tenía vida, me asusté y lo solté; entonces se esfumó.

Nuestro amigo se estaba evaporando sin poder evitarlo, formando una pequeña nube en el exterior de la botella. Esmeralda se disponía a contar a su madre su pequeña aventura con el genio en la clase de Ciencias Naturales, hablando de los posibles estados del agua:

—Sólido, líquido y gaseo…—giró la cabeza y, al ver el vapor que salía de la botella, terminó por gritar— ¡Gaseoso!

La madre, al ver que su hija giraba la cabeza, hizo lo mismo y se quedó pasmada al ver aquella nube misteriosa saliendo de la botella. Al genio, que empezaba a recuperar el control de la situación, no se le ocurrió otra cosa que adoptar la forma de un corazón.

—¿Una nube en forma de corazón? —dijo la madre.

Mientras tanto, el genio fue atravesando poco a poco el techo de la cocina, hasta que desapareció.

—¿Una botella de leche con corazón? Esto me temo que es cosa de tu amiguito —dijo la madre.

—¿Tú crees? —preguntó la pequeña.

—¡Desde luego que sí! Es como el eslogan ése de las botellas de leche: "Para corazones sedientos de Fe".

—¿Eslogan? —volvió a preguntar la pequeña, tratando de entender lo que estaba pasando.

—Sí, cariño —continuó su madre—, estoy empezando a sospechar que tu amiguito es algo más que un muñeco hablador.

—¡Pues claro! —afirmó la pequeña—. ¡Es un muñeco mágico!

—Creo que es algo más que un muñeco —dijo su madre— y no sé qué se trae entre manos, pero espero que sea algo bueno.

—¡Claro que sí, mami! —dijo la pequeña—. Yo he hablado con él y sé que tiene buen corazón.

—Eso espero cariño —dijo la madre, algo preocupada.

Mientras tanto, nuestro genio llegó al tejado de la casa y comenzó a tomar su forma habitual.

Cuando fue a levantarse del tejado, pues estaba estirado a lo largo, algo le pinchó en el trasero. Bueno, en la parte baja de la espalda, porque trasero no tenía.

—¡Ayyy! —exclamó—. ¡Otra vez ese maldito chisme!

Se trataba de la flecha de la veleta que marca la dirección del viento.

—¡Bueno, menos mal! Parece que todavía marca hacia el Oeste.

Volvió a girar la cabeza y...

—¡Buah, qué susto!

Se encontró de frente con el genio alado del Viento del Oeste, la dirección que marcaba la flecha.

—¿Pero por qué no avisáis antes de aparecer y desaparecer? ¿O es que necesitáis una pista de aterrizaje y de despegue para que se os vea venir?

El genio alado, al mirarlo, sonrió y le dijo con un tono un poco sarcástico:

—¿Pero no decías que se nos ve el plumero? ¿Para qué quieres esa pista de la que hablas?

—Bueno, yo... —dijo el genio algo más calmado—. Pistas, lo que se dice pistas... tampoco es que deis muchas tú y tus amigos alados.

—La verdad   continuó el visitante— es que el camino lo debes andar tú solo, nosotros dejamos caer de vez en cuando alguna pista de ésas de las que tú hablas. El problema es que si tú no estás atento, alguna de esas pistas acaba pasando desapercibida.

—¡Ya! —dijo el genio—. ¿Podrías ponerme un ejemplo? ¡Es que estoy un poco espeso!

—Por ejemplo —dijo el genio alado—, ¡tu cara!

—¿Qué le pasa a mi cara? —preguntó el genio.

—Tu cara —prosiguió—, tal y como te dijo la anciana, te hace recordar que todos estamos conectados los unos a los otros; sólo que en este caso tu conexión con el vagabundo aún es mayor, ya que al igual que su cara cambia, tú también ves la tuya cada vez más cambiada, aunque la tuya cambia poco a poco y la suya cambio de golpe por las necesidades de las circunstancias.

—Me doy cuenta de ello —dijo nuestro vaporoso amigo.

—De hecho, hay cosas de tu carácter que le has traspasado a él y cosas del suyo que te han pasado a ti. Recuerda que los dos habéis pasado por el proceso de la muerte, de hecho a ti te cayó un rayo, ¿recuerdas?

—¡Como para no acordarse! —respondió el genio—. ¡Si casi me deja sordo! Por cierto, ¿a qué viene esa manía que tiene Eolo conmigo de estar todo el día soplándome en los oídos? ¡Es que al final me va a dejar sordo!

El genio alado sonrió.

—Sordo no —dijo—, en realidad lo que quiere es que estés en silencio, que lo busques en tu interior, ya que sólo así sabrás lo que tienes que hacer en cada momento. Por ejemplo, ¿ahora tienes claro lo que tienes que hacer?

—Más o menos, —dijo el genio.

—Sería un buen momento para meditar —continuó su alado compañero—, es de noche y apenas hay ruidos por la calle, así que cierra los ojos y medita.

Nuestro genio siguió sus instrucciones y se puso a meditar encima del tejado.

Estuvo toda la noche meditando en silencio y, un poco antes del amanecer, abrió los ojos para contemplar las estrellas.

Mientras estaba observando, escuchó una voz a su lado que le decía:

—Son bellas, ¿verdad?

Él asintió con la cabeza, al tiempo que le contestaba a su alado amigo:

—Sí, mucho, y hay tantas…

—Sí —dijo el alado genio—, pero la estrella más bella es la que todos llevamos aquí dentro —Y señaló hacia su pecho—. Todos formamos parte de este bello universo, todos somos seres de luz, todos estamos conectados, no lo olvides.

Y, mientras dijo esto, el genio alado desapareció.

—¡Vaya!, por lo menos esta vez no se ha ido sin despedirse, je je je… —se rió alegremente.

Sintió algo peludo a sus espaldas, que se rozaba contra él al tiempo que emitía un extraño sonido. Se giró y vio que era el gato Eolo, que estaba ronroneando tan a gusto cerca de él. El genio, al verlo así, dijo:

—Éste también está conectado a mí, pero será mejor que me vaya, antes de que se desconecte y le dé por morderme; además, se acercan unos nubarrones bastante feos, si sigo aquí a lo mejor me mojo.

Giro tres veces sobre sí mismo y desapareció. ¡Flop!

El bolso

Eran las nueve de la mañana cuando Esmeralda y su madre pasaban por el parque en dirección al colegio de la pequeña. Llovía bastante, pero las dos se fijaron en que, a pesar de la intensa lluvia, el pájaro de colores estaba posado sobre la camioneta de los operarios que limpiaban los jardines, y en que el jardinero del otro día estaba sentado dentro de la misma, mirándoles mientras pasaban por delante.

Las gotas de lluvia golpeaban contra el cristal haciendo que la imagen de aquel hombre quedara desfigurada.

La madre y la hija lo saludaron y, justo en el momento en que les devolvía el saludo desde el otro lado del cristal mojado, su cara se trasformó por unos instantes retomando su imagen originalLa madre y la hija se detuvieron de golpe delante de la camioneta.

—¡Es él! —le dijo la madre a su hija—. ¡Pero no es posible! —continuó un tanto confundida—. ¡Pero si yo lo vi…!

Él, sorprendido por las caras que ponían bajo la ventanilla, preguntó:

—¿Va todo bien?

Entonces su cara volvió al aspecto del hombre de los jardines.

La mujer, al verlo, dijo balbuceando:

—Sí, sí, claro… es un placer volver a saludarle, aunque… ¡vaya día para trabajar en la calle! Y además parece que el pájaro no le deja ni a sol ni a sombra.

—Sí, desde luego —dijo él—, eso parece, yo también me alegro de veros.

—Hasta luego —dijeron ellas—, que llegamos tarde al cole.

—Hasta pronto —se despidió él.

—¡Vaya flash!, ¿no? —comentó la madre al tiempo que se alejaban.

—Sí, mami —dijo la pequeña—. ¡Esto es magia!

—Supongo —dijo la madre—, corre que nos mojamos.

Entonces, agarró el paraguas con un poco más de firmeza.

Mientras se alejaban, la pequeña recordó las palabras de su muñeco sobre el agua y los cambios que ésta produce, igual que pasa con las personas. Y empezó a sentir que aquel hombre era algo más que un jardinero.

Entre tanto, el jardinero miraba de reojo al extraño pájaro que estaba posado en el techo de su camioneta con cara de misterio. El pájaro, al ver cómo le miraba, le dijo:

—Por lo menos podías dejarme entrar en la camioneta, me estoy empapando.

El jardinero se quedó pasmado ante aquellas palabras y, casi sin saber lo que hacían sus manos, abrió la ventanilla.

El pájaro entró y se sacudió las plumas:

—Entre tú y ese aprendiz de genio vais a acabar consiguiendo que me convierta en un pájaro loco.

El hombre, al oír lo que aquella ave le decía, le contestó:

—Pues tú no eres el único que va a acabar loco, yo ya no sé qué pensar de todo esto.

—Tranquilo, Tomás —le dijo el pájaro.

—Me llamo Pedro Juan —dijo el hombre—, aunque no entiendo por qué en la cárcel me llamaban Juan Pedro ni por qué, después de la fuga y del cambio de cara, en mi DNI aparece Tomás. ¡Esto es de locos!

—Todo esto —dijo el pájaro—, es cosa de ese genio chiflado.

—¿Qué genio? —preguntó el jardinero.

—Ése que está intentando echarte una mano desde hace varios meses —dijo el pájaro—, aunque no sé yo si se le da muy bien, porque vaya lío en que te metió con aquello de las joyas.

—¡Las joyas! —exclamó—. ¿Así que no era cosa de mi imaginación, sino de ese amigo tuyo?

—¡Amigos… amigos no es que seamos! —continuó el pájaro—. Con lo cabezota que es ese genio, no sé yo si así va a tener muchos amigos que digamos.

—Bueno —continuó el jardinero—, por lo menos me ha sacado de la calle y de la bebida, aunque de una forma poco común; pero, de alguna manera, me ha echado una mano.

—Sí, desde luego —añadió el pájaro—, te ha hecho un buen cambio de look. A ver cómo se las apaña para devolverte a tu forma original, porque si no…

El jardinero puso cara de tristeza al oír estas últimas palabras.

En ese momento alguien golpeó en el cristal. El hombre bajó la ventanilla para ver quién era.

—¿Qué desea? —preguntó a la anciana que estaba fuera con un paraguas.

—Perdone si le interrumpo —dijo la mujer—, pero es que ese pájaro que está con usted es mío, llevo varios días buscándolo y, al verlo ahí dentro, me he imaginado que usted lo había conseguido atrapar.

—Bueno —dijo él—, en realidad ha entrado aquí por su propia voluntad.

—¡No, si tonto no es! —dijo la anciana mientras le echaba una mirada de complicidad al pájaro—. Además, ya parece que está parando de llover, a lo mejor hasta sale el sol, porque esto es como la vida misma: de repente estás llorando y, cuando menos te lo esperas, un rayo de esperanza ilumina tu camino… en fin. Perdone, es que a veces me enrollo como una abuela parlanchina, usted tendrá cosas que hacer y yo le estoy entreteniendo.

—Sí, claro —dijo él, un poco cortado por la situación—, pero ha sido un placer hablar con usted.

—Lo mismo digo —contestó ella—. ¡Vamos Woody! —gritó mientras extendía su brazo para coger al pájaro.

Éste se subió sobre su mano mientras le decía al atónito jardinero:

—¡Hasta luego, grag, hasta luego!

—¡Este pájaro loco! —dijo la anciana—. Para dos palabras que sólo sabe decir, ¡lo escandaloso que es! Bueno joven, gracias por todo y hasta luego.

—Hasta luego —dijo él, anonadado y confundido por aquella situación—, ha sido un placer.

—Igualmente —dijo ella, al tiempo que se alejaba con el pájaro sobre su mano.

El hombre, mientras la veía alejarse, se fijó en el paraguas de aquella mujer, que estaba adornado con dibujos de gárgolas estampadas. Entonces, agregó:

—¡Mira la abuela ésta, qué graciosa! Me recuerda al patio donde yo solía ir a rezar... ¡Con tanta gárgola!

En ese momento escuchó una voz que le decía:

—Supongo que seguirás con tus oraciones.

Se dio la vuelta y vio al genio que flotaba sobre el asiento del copiloto.

—¡Tú otra vez!.

—¡Así es, Tomás! ¡Yo otra vez! —le contestó.

—¿Pero, por qué me llama todo el mundo Tomás? Mi nombre es...

—Pedro Juan —dijo el genio—, ya lo sé, pero no debes olvidar que una parte de ti murió en la cárcel.

—Ya lo sé —continuó—, pero si estoy muerto... ¿cómo voy a poder regresar con mi esposa y mi hija?

—Digamos que, además de muerto, estás desaparecido —dijo el genio.

—¡Pues más grave todavía! —dijo el hombre, un poco desesperado.

—Tú tranquilo —continuó el genio—, cada cosa a su tiempo. Has de tener paciencia, como ya te dije. ¡Ten Fe!. No siempre es necesario ver para creer: 'Tomas', escucha la estrella que llevas dentro y que siempre te guía.

Al decir esto último, el genio desapareció. ¡Flop!

En ese momento dejó de llover y el sol se dejó entrever a través de un claro que se hizo entre las nubes. El hombre, al ver todo aquello, recordó las palabras de la anciana y dibujó una pequeña sonrisa en su boca.

Salió de la camioneta y cogió las herramientas para comenzar a trabajar la hierba de aquel jardín, que estaba llena de hojas que habían caído durante la noche.

Cuando se dispuso a quitar un grupo de hojas que estaban amontonadas, sopló una ráfaga de viento y todas las hojas volaron, dejando a la vista un bolso que se hallaba debajo.

Él lo cogió y, al abrirlo, descubrió que tenía documentación. Miró un poco más y se dio cuenta de que había un sobre lleno de billetes y que, en otro compartimento, había algunas joyas.

Un escalofrío le subió por la espalda, haciéndole sentir un calor repentino. Por un instante se le pasó por la cabeza quedarse con aquel pequeño tesoro pero, al instante, su corazón palpitó con más fuerza y, recordando todo lo que le había pasado, decidió entregárselo a su dueño. Al fin y al cabo, pensó que el cambio que se había producido en su vida era un tesoro aún mayor que aquel fajo de billetes y joyas.

Lo cogió y lo guardó en la camioneta, con la idea de entregárselo más tarde a la policía.

Entonces se dispuso a seguir con su trabajo.

Al día siguiente por la noche, la pequeña Esmeralda y su madre estaban viendo la tele después de haber cenado. En ese momento estaban dando las noticias:

"Ayer, un hombre encontró mientras estaba trabajando un bolso lleno de joyas y dinero. En vez de quedárselo, lo entregó a la policía en un gesto de honradez poco común en estos días. Felizmente, la propietaria del bolso es una mujer multimillonaria que ha querido conocer a la persona que tuvo el honrado gesto de devolverle el bolso, ya que, según dice, las joyas que perdió tenían un gran valor sentimental para ella. El autor de tan honorable acción es un jardinero que lleva poco tiempo trabajando en el gremio de la jardinería, ya que antes era un vagabundo que malvivía en la calle y que, gracias al encargado del patio de La Esperanza, pudo salir de la calle para hacer trabajos sociales como el de limpiar jardines".

En ese momento, pusieron la foto de aquel hombre en la pantalla del televisor.

La madre y la pequeña no daban crédito a lo que estaban viendo.

—¡Pero si es nuestro amigo el jardinero! —dijo la madre—. O sea, que le ayudó el encargado del patio de La Esperanza… ¡Qué casualidad!, ¿no?

En ese momento, el gato Eolo se subió a la mesilla de delante del sofá, sobre la que había una botella de la que la madre había servido dos vasos.

El gato, ronroneando, rozó con el rabo la botella con fuerza, haciendo que se volcara y desparramando la bebida sobre la mesa.

—¡Corre, Esmeralda! —gritó la mujer—, trae una bayeta de la cocina antes de que se caiga al suelo.

La pequeña le dio la bayeta y, cuando el líquido estaba a punto de caer al suelo, la madre lo recogió del borde de la mesilla. Se fijó en que en el suelo estaba el muñeco de su hija.

—¡Mira Esmeralda! —dijo—, aquí está tu muñeco. Pero hace un momento yo no lo había visto, es como si de repente hubiese aparecido por arte de magia.

—Eso es mami, ¡es mágico! —dijo la pequeña.

Mientras la madre lo sostenía por la cintura, el muñeco cambió la expresión de su cara y se puso a sonreír, al tiempo que señalaba con el dedo hacia la pantalla del televisor.

La madre, un poco menos asustada por aquel gesto pues ya se estaba acostumbrando a la magia de aquel personaje, dijo:

—Y ahora, ¿qué quiere decirnos?

En ese momento estaban terminando de dar la noticia del jardinero y ofrecían los datos del lugar y el momento en que se produciría el encuentro entre la rica mujer y el jardinero, indicando la dirección de la residencia en la que vivía ella.

El gato, en un momento de descuido de la madre, cogió al muñeco con la boca y se lo llevó de un salto en dirección a las escaleras que daban a la ventana del tejado.

La madre y la hija lo persiguieron, al tiempo que decían:

—¡Eolo, bicho malo!

El gato salió a toda prisa y, a los pocos segundos, madre e hija se asomaban al tejado, buscando con la mirada al malicioso felino.

Para su sorpresa, el muñeco había desaparecido y el gato estaba sobre el tejado, sentado y mirando hacia la luna llena.

Ellas se pusieron a mirar hacia donde miraba el gato, mientras decían:

—¡Será posible! ¿Qué has hecho con el muñeco?

Se quedaron con la boca abierta al ver que una nube dibujaba la forma de un corazón, en el centro del cual se hallaba la luna llena.

Ambas dijeron a la vez:

—¡Qué bonito!

Y se quedaron en la ventana, contemplando la belleza de las estrellas y de la luna. En ese instante, una estrella fugaz rasgó el firmamento. La madre le dijo a su pequeña:

—Cierra los ojos y pide un deseo.

Ambas cerraron los ojos y, mientras lo pedían, la nube con forma de corazón poco a poco fue desapareciendo.

El encargado

Eran las ocho de la mañana cuando el encargado del patio de La Esperanza se disponía a desayunar. Había preparado unas tostadas con mermelada. Sacó una botella de leche de la nevera y vertió parte del contenido en un cazo para calentarlo un poco. Mientras esperaba a que se calentase la leche, aprovechó para echar un vistazo al libro que versaba sobre el misterioso reloj de sol. Tan absorto estaba en la investigación, que no se dio cuenta de que la leche ya estaba caliente y a punto de hervir.

Escuchó el sonido de la leche que se desbordaba del cazo y caía sobre el fuego, a la vez que una voz que decía:

—¡Ay, ay, que me abraso!

Sorprendido por aquel escándalo, se dio la vuelta y vio a nuestro genio, que estaba de espaldas a él apagando el fuego, cerrando la llave del gas mientras decía:

—¿Pero cómo se puede despistar uno tanto?

El hombre no articulaba palabra ante aquella aparición. Se quedó boquiabierto y con los ojos como platos. En ese momento, el genio se percató de que aquel hombre estaba a sus espaldas, expectante ante aquella misteriosa aparición.

Nuestro amigo se dio la vuelta lentamente, al tiempo que miraba a aquel hombre pasmado, mientras decía:

—¿Usted no ha oído hablar nunca de la leche Esperanza?

El hombre, atónito por la aparición de aquel extraño personaje, se santiguó.

—¡Tampoco hay que ponerse así! —dijo el genio—. ¡Que no soy ningún demonio ni nada por el estilo!

—Entonces, ¿qué eres?, si puede saberse… —dijo el hombre, picado por la curiosidad.

—¡Soy un genio de ciudad! —le contestó.

—¿Un genio de ciudad? —preguntó el hombre, cada vez más intrigado.

—Sí —dijo el genio—, y creo que a lo mejor puedo ayudarle con ese libro que está usted leyendo sobre ese misterioso reloj de sol.

—¡Ah!, ¿sí? —dijo el hombre, cada vez más sorprendido—. ¿Y qué puedes tú decirme sobre ese reloj que yo no sepa?

—Pues no sé si se ha fijado usted en que tiene cuatro plumas.

—Muy interesante —le contestó—, pero eso yo ya lo sabía hace muchos años.

—¡No me diga! —continuó el genio—, y ¿qué significan?

—Pues tiene que ver con los genios custodios de las cuatro direcciones: norte, sur, este y oeste. O de los cuatro puntos cardinales, como prefieras llamarlo —dijo para terminar.

—¡Ah, qué interesante! —contestó el genio, poniendo cara de lelo—. ¿Y las letras… qué significan?

—¡Vamos a ver si me entero! —dijo el hombre, poniendo cara de enfado—. ¿Pero no me ibas a explicar tú todas esas cosas?

—Sí, claro —dijo el genio, poniendo cara de circunstancia.

En ese instante, sonó el timbre de la puerta.

—Voy a ver quién es —dijo—, tú no te muevas de aquí que enseguida vuelvo.

—Sí. Lo que usted diga —le contestó.

Abrió la puerta y resultó ser la anciana.

—Pasa, Ángeles —le dijo con tono picaresco—, tengo una sorpresita para ti, pasa hasta la cocina, vas a ver lo que se cuece en el cazo de la leche.

Entraron en la cocina pero el genio se había esfumado.

Ambos se miraron y esgrimieron una sonrisa cómplice:

—¡Este genio! Ja, ja, ja... —Y se rieron un rato—. ¡Desde luego, ingenio no le falta!

La rica mujer

Llegó el día y la hora acordada para el encuentro entre la mujer multimillonaria y el jardinero, tal y como había sido anunciado en las noticias de la tele. Algunos medios de la prensa del corazón habían acudido para informar del acontecimiento.

Como cayó en fin de semana, Esmeralda y su madre habían aprovechado para acercarse, ya que ese día ella no trabajaba y la pequeña no tenía clase. El jardinero llegó lo más arreglado que pudo, dada la importancia del acontecimiento. Cuando vio a su mujer y a su hija entre el público se alegró mucho y aprovechó para acercarse a saludarlas.

—¡Habéis venido! —dijo— Pero, ¿cómo os habéis enterado?

—Por las noticias de la tele —le explicó la pequeña, adelantándose a la respuesta de su madre.

—Sí, eso es —confirmó la madre mientras miraba a los ojos al ilusionado jardinero, al tiempo que dibujaba una sonrisa que inmediatamente fue correspondida por el protagonista del acontecimiento.

—Me hace mucha ilusión que hayáis venido —dijo para terminar, ya que estaba siendo reclamado por los guardaespaldas de aquella rica mujer para la foto de prensa, y así poder entrar posteriormente en aquella mansión, para un encuentro más íntimo sin los medios de la prensa rosa.

Se hicieron las fotos de rigor y, cuando se disponían a entrar en aquella lujosa mansión, el hombre aprovechó para decirle a su anfitriona que allí, entre el público, estaban unas amigas suyas y que le haría mucha ilusión que pudieran entrar con él.

La rica mujer no puso inconveniente alguno, es más, dijo:

—A mis años me hace mucha ilusión conocer gente joven, eso me aporta alegría y juventud. Diles que vengan si quieren.

Entonces salió corriendo hacia el público para buscarlas. Ellas, que ya estaban a punto de irse, al verlo acercarse le dijeron:

—¿Qué pasa?

—Tranquilas —dijo—, si os apetece podéis entrar conmigo dentro de la mansión.

La mujer, un poco cohibida por todo aquello, dijo:

—Pero, ¿cómo vamos a entrar ahí? ¡Vaya corte!

Esmeralda, que tenía los ojos abiertos de par en par, le dijo:

—¡Sí, venga mami, por favor!

La madre no sabía qué hacer, pero el jardinero andaba muy avispado y le dijo:

—¡Venga!, mujer, anímate. Además me ha dicho la dueña de la mansión que le haría mucha ilusión conoceros.

—Bu... bueno, si es así, está bien. Entraremos —dijo ella, un tanto descolocada, pero a la vez picada por la curiosidad de desvelar un poco más lo que sucedía con aquel extraño jardinero.

Entraron todos, acompañando a la rica mujer por los pasillos de aquella lujosa mansión, hasta llegar a la sala donde había preparada para la ocasión una rica merienda con toda clase de dulces, canapés y bollería, al igual que tés y cafés para acompañar junto con muchos tipos de bebidas.

La madre y la hija tenían los ojos desorbitados por tanta abundancia, al igual que le ocurría al atónito jardinero.

—Si quieren, pueden sentarse… Si son tan amables —dijo la rica mujer.

—Sí, ¡cómo no! —dijeron ellos, un tanto abrumados por aquel inesperado acontecimiento.

Después de hacer las presentaciones de rigor, se pusieron a hablar.

—Dígame, buen hombre, ¿hace mucho tiempo que se dedica a la jardinería? —preguntó la rica mujer.

—¡Hombre! —dijo él—, siempre me ha gustado como afición pero, como trabajo, la verdad es que hace poco tiempo que he empezado.

—¡Ah!, ¿sí? —dijo ella—. ¿Y antes, a qué se dedicaba?

El hombre echó entonces una mirada furtiva hacia su mujer y su hija y dijo:

—Yo antes era conserje, hacía un poco de todo en la portería de un edificio bastante grande.

—¡Qué interesante! —contestó la rica mujer.

La madre y la hija lo miraron entonces con cara de curiosidad, como queriendo saber más, dada la coincidencia que existía con el trabajo que había desarrollado su marido y padre cuando vivía con ellas.

—¿Y qué le pasó? —preguntó la dueña de aquella mansión, también picada por la curiosidad—. ¿Cómo es que ahora es jardinero?

—¡Pues que me echaron! —contestó.

Madre e hija se miraron sorprendidas. Eran demasiadas coincidencias como para pasar desapercibidas.

—¿Que le echaron? —volvió a preguntar la anfitriona—. ¿Cómo es posible que echen a un hombre tan honrado como usted?

—Pues, no sé… —dijo poniendo cara de pícaro—. Será porque yo antes era distinto.

Esmeralda y su madre estaban cada vez más asombradas por aquella serie de coincidencias.

—Distinto, ¿en qué sentido? —volvió a preguntar aquella dama llena de intriga.

—Resulta que, en aquel entonces —dijo el hombre—, yo era mucho menos maduro de lo que soy ahora, la vida me ha dado una buena lección.

—Ya me hago cargo —dijo ella—. Yo a mis años he tenido que aprender muchas lecciones.

—¿Y usted? —continuó la anfitriona, al tiempo que se dirigía a la sorprendida madre—, ¿a qué se dedica?

—¿Yo? —dijo ella—, bueno, no tengo un trabajo fijo que digamos, me las voy apañando como puedo con lo que me va saliendo, que no es mucho. Pero, qué le vamos a hacer…

—¡Ya, claro! —dijo la rica mujer—, con los tiempos que corren no me extraña nada su situación, además, con esa niña tan encantadora…

Esmeralda la miró, poniendo una dulce sonrisa.

—¡Qué monada! —añadió—. Pues, si quieren, yo puedo ofrecerles trabajo a ambos.

Ellos se miraron con cara de sorpresa e ilusión.

—¿A ambos? —dijeron—, pero si…

—¡No se hable más! —les interrumpió la mujer—. A usted le haría un favor, ya que necesito una cocinera y, al jardinero, hace tiempo que me hace falta un conserje que sea honrado y trabajador. ¿Y qué mejor ocasión que ésta para conseguirlo? Si usted está disponible y le apetece, ¡claro está!

—Sí, sí… ¡cómo no! —dijo él—. Además, en el sitio en que estoy trabajando ahora, ni siquiera tengo contrato ya que es algo benéfico y provisional. Yo, por mí, estaría encantado de trabajar con usted.

—¿Y usted? —dijo la mujer mientras se dirigía a la sorprendida madre de la pequeña.

—¿Yo? —contestó ella, algo apurada—, me lo tengo que pensar.

—Bueno —dijo la rica mujer—, pues ya me dará su contestación. Y ahora, para celebrarlo, bebamos un poco de champán. Y para la pequeña… ¿Qué te apetece, bonita?

—¡Leche! —dijo la niña.

La madre la miró con cara de extrañeza, ya que nunca pedía leche para la merienda. Pero, dado lo curioso de esa situación, no le dijo nada y pensó: "¡Qué raro! Otra vez leche, ¿será casualidad?". Y lo dejó pasar.

La anfitriona llenó las copas de sus invitados.

Cuando iba a servirle la leche a la pequeña, la madre se quedó boquiabierta al ver lo que ponía en la etiqueta de la botella:

Leche Esperanza, la mejor para el corazón

La rica mujer, al ver la cara de sorpresa que ponía su invitada, le preguntó:

—¿Le pasa algo, querida?

—No, no, nada —dijo ella—, es que esa leche…

—¡Ah! —dijo la mujer—, ¿es por eso? No se preocupe, a su hijita seguro que le sienta muy bien, me la traen desde una granja situada en unas montañas en un paraje sin igual, estuve una vez de vacaciones por allí y, al probarla, me encantó. Es de producción limitada y sólo se bebe en esa zona, es un lugar precioso igual que su bella hija.

—Claro, claro —dijo ella, un tanto sorprendida—. ¡Qué bien!

Nuestro genio había pasado una temporada en aquellas montañas, antes de su aventura en la ciudad, por eso se le ocurrió ese nombre para la marca de la leche. Y es que precisamente nuestro amigo no es que fuese genial, sino ingenioso.

Pasaron una tarde muy agradable y, cuando se despidieron de aquella rica mujer, el hombre acordó volver la semana siguiente para formalizar todo, con la idea de comenzar a trabajar en la mansión lo antes posible.

Cuando se iban alejando de aquella mansión, el jardinero y la sorprendida mujer estaban intimidados y en silencio, puesto que, al fin y al cabo, se conocían desde hacía poco tiempo aunque, en el fondo, ambos sentían una gran conexión. Lógicamente, él tenía ventaja sobre la que era su mujer ya que ella desconocía su verdadera identidad.

En un momento, ella le miró a los ojos y le dijo:

—¡Me resultas tan familiar…! ¡Es como si te conociese desde hace mucho tiempo!

Él le sonrió con una mirada cómplice y, cuando comenzaban a estar más embelesados, la voz de la pequeña Esmeralda les sacó repentinamente de aquel estado de embriaguez.

—¡A mí también se me hace muy conocido, mami! —dijo la pequeña—. ¡Además, me cae muy bien!

—¡Ah, sí, claro! —dijo la mujer, un tanto cortada por aquella extraña situación, mientras se sonrojaba y ponía cara de gallina mareada.

—Me alegro de que os encontréis a gusto en mi compañía, no tenéis ni idea de lo feliz que eso me hace —dijo él.

—Bueno, pues entonces —continuó la mujer, un tanto abrumada—, nosotras nos vamos ya para casa, ha sido un placer y gracias por su invitación, ya nos veremos.

—Eso espero, ¡ojalá que sea pronto! —exclamó, al tiempo que miraba hacia aquella mansión como queriendo decir que allí se volverían a encontrar.

—Bueno… ya veremos —dijo ella—. Hasta luego.

—Hasta luego, que descanséis —dijo él, despidiéndose de las dos.

La careta

A la mañana siguiente, nuestro genio apareció como una pálida neblina cubriendo parte del patio de La Esperanza, hasta que adoptó su forma habitual. Miró hacia el misterioso reloj de sol que en aquellos momentos comenzaba a recibir los rayos del astro rey, al tiempo que las letras que sobresalían del mismo por su trabajado relieve dibujaban sombras chinescas en su contorno, que parecían querer burlarse de nuestro contrariado genio.

—¿Qué querrán decir? —se preguntaba—. Además, ni siquiera hay una varilla que marque la sombra de la hora, únicamente la boca de la mujer del reloj está como queriendo soplar, pero tiene la boca vacía en vez de tener la varilla que debería marcar las horas y, encima, tiene los ojos cerrados… ¡Esto es de locos!

—¡O de locas! —Escuchó que le decían. Se volvió sobre sí mismo y allí estaba la misteriosa anciana.

—¡Ah!, es usted… —dijo el genio.

—Sí. Parecía que tenías prisa el otro día en casa del encargado de este patio, ni siquiera esperaste a que yo llegase.

—¿Era usted la que toco el timbre? —preguntó.

—Sí —dijo ella— y tú tocaste donde no debías, según parece, porque vaya enfado se pilló el hombre.

—Bueno, dígale que fue sin querer, los genios somos curiosos por naturaleza.

—No te preocupes, en realidad le caíste muy bien, te estaba gastando una broma.

—¡Ah!, ¿sí? Menos mal, es que al principio parecía muy sorprendido por mi presencia.

—Él solamente te estaba siguiendo el juego para ver de qué pie cojeabas… perdón, quiero decir, de qué lado… je, je, je. No te lo tomes a mal. Bueno, ¡a lo que iba! El encargado ha estudiado a los genios y a los seres misteriosos, ya que él es un investigador de las ciencias ocultas. Es más, ese reloj de sol que tanto te quita el sueño guarda mucha relación con los genios como tú.

—¡No me diga! —dijo el genio, lleno de curiosidad.

—¿Y qué significan todas esas letras que hay alrededor del reloj?

—Pues esas letras significan… creo que se lo tendrás que preguntar a tu amigo Eolo.

—¡No fastidie! —contestó el genio, un tanto contrariado—. Además, cómo se lo voy a preguntar si ni siquiera sé dónde está o dónde vive.

—De eso se trata precisamente —le contestó la anciana—, de eso se trata. Mira el reloj con más detalle y, cuando sepas algo más, házmelo saber. Que lo pases bien, hasta luego.

Se dio la vuelta y se marchó.

—¡Pues sí que estamos bien! —dijo el genio.

Nuestro amigo comenzó entonces a analizar aquel misterioso reloj con más detalle. También es cierto que hasta la fecha apenas había tenido tiempo para dedicarse a ello, dada su intensa vida social.

Miró las letras una y otra vez, hacia delante y hacia atrás, y, en ese momento, dijo:

—¡Eureka! Pero, ¿cómo no lo había visto antes? ¡Pedazo burro! ¡Ahí está!

Entre aquella amalgama de letras podía leerse el nombre de Eolo, eso sí, saltándose algunas letras para hacerlo, pero se podía leer.

—¡Vale! —dijo—. ¿Y ahora qué significan el resto de las letras? ¡Vaya lío! ¡No entiendo nada!

—¡Pues está más claro que el agua! —escuchó que alguien decía a su lado.

Se giró y vio al pájaro de colores sobre la rama de un árbol, que le miraba con ojos de besugo, como haciendo una especie de burla.

—Te parece gracioso, ¿no? —dijo el genio—. Nadie nace enseñado.

—¿A ti no te enseñaron a contar en la escuela de genios? —preguntó el ave multicolor.

—¡Pues claro que sí, sabiondo! —dijo el genio, un poco subido de humos.

—Bueno —continuó el pájaro—, ¿cuántos colores tengo yo?

—No hace falta ser muy listo para darse cuenta de que eres un pájaro semáforo —dijo el genio—: rojo, amarillo y verde. ¡O sea, que tres!

—Así que tres —dijo el pájaro—. ¿Y qué pasa con el color base de mi plumaje, es que no cuenta para nada?

—¡El blanco! —exclamó el genio, al tiempo que ponía cara de bobalicón.

—¡Eso es, el blanco! —dijo el pájaro—. Soy tan blanco como tú, para mi desgracia, ignorante nube flotante.

—¡Bueno, bueno…! —dijo el genio—. Tampoco es para tanto. Que no vea las cosas a la primera no quiere decir que sea tonto, tan sólo un poco lento de reflejos.

—Está bien —continuó el pájaro—, así que cuatro colores de plumas… ¿Y eso a dónde nos lleva?

—¡A las cuatro plumas del reloj! —dijo el genio, un poco más entusiasmado.

—Vamos bien —dijo el pájaro—, por algo se empieza. ¿Y qué más?

—¡Ni idea! —dijo el genio poniendo cara de póquer.

—Tú y yo volamos, ¿verdad? —preguntó el pájaro.

—Sí, claro —dijo el genio—, pero… ¿y eso qué tiene que ver con todo esto?

—¡Pues tiene que ver todo! —contestó el pájaro, un poco desesperado—. Si alguna vez llegas a tener piernas, seguramente que te será más fácil entenderlo.

—Bueno, colega, te tengo que dejar —dijo el ave—, que hoy tengo el día bastante ocupado. Que te vaya bien. Hasta luego.

—Hasta luego —dijo el genio con algo de pena por aquella despedida—. Está claro que me las voy a tener que apañar yo solo con esto del reloj. En fin, qué le vamos a hacer…

Dio tres vueltas sobre sí mismo y desapareció. ¡Flop!

Llegó la tarde y Esmeralda acababa de despertarse de la siesta. Su madre había llegado hacía un rato y se encontraba en la cocina preparando la comida para el día siguiente. En ese momento estaba preparando el postre; quería darle una sorpresa a su hija y para ello se afanaba en hacer leche frita, ya que era algo que le encantaba a su pequeña.

Estaba cerrando la nevera justo en el momento en que Esmeralda hizo su aparición en la cocina. Pensó: "Casi me pilla, por los pelos".

La pequeña sonrió a su madre, al tiempo que le hacía una pregunta:

—Mami, ¿has ido a hablar con esa mujer tan simpática de la mansión?

—No, mi amor —le contestó—, y tal vez no vaya a hacerlo nunca.

—¿Por qué no? —preguntó la pequeña, un poco preocupada.

—Por respeto a tu padre —le dijo—. Hace poco que nos dejó y no me he olvidado de él. Es más, el otro día de la lluvia, cuando me pareció verlo tras el cristal de aquella camioneta del jardinero, me di cuenta de que nunca he dejado de quererle. Y ese jardinero… no sé qué se trae entre manos. Aunque es muy simpático y se me hace muy familiar. Pero, aún así, quiero respetar la memoria de tu padre.

—Claro, mami —dijo la pequeña—. Pero, no sé si te acuerdas de que las dos vimos la cara del jardinero trasformada por la lluvia en la cara de papá…

—Claro que me acuerdo —le contestó—. ¿Y qué quieres decirme con eso?

—¡Pues eso, mami, que si fuese algo de tus recuerdos lo habrías visto tú sola, pero lo vimos las dos a la vez!

—¿Y qué? —volvió a preguntar la madre, un poco desesperada.

—¡Pues que fue algo mágico! —le contestó— Y no debes olvidar al muñeco mágico y las cosas que nos han pasado a las dos.

—Sí, mi amor —dijo un poco más serena—, pero a mí todas esas cosas me dan mucho respeto y no sabemos quién es, ni lo que se trae entre manos ese amigo tuyo.

—Claro que sí, mami, pero seguro que es algo bueno.

—No sé, no sé… —dijo la madre poniendo cara de escéptica.

El gato Eolo, que se hallaba junto a la nevera, comenzó a maullar de un modo poco usual, al tiempo que con la pata daba golpes en la puerta de la nevera.

—¡Y ahora qué le pasa a este gato! —dijo la madre poniendo cara de sorpresa.

—¡No sé, mami! —dijo la pequeña—, pero parece que busca algo dentro de la nevera.

—¡Ay, hija! —contestó la madre—. ¡Últimamente este gato también está muy raro!

—Pues abre la nevera, a ver qué pasa —dijo la pequeña.

—¿La nevera? —preguntó la madre, como queriendo hacerse la loca.

—Eso es, mami, ¡ábrela! —insistió la niña.

—Está bien —dijo—, vamos a abrirla a ver qué quiere este bicho.

La abrieron y, en ese momento, salió del interior una nube de vapor de bastante densidad que las envolvió de tal manera que apenas podía verse nada en la cocina.

—¡Será posible! —protestó la madre un tanto preocupada—. ¿Pero qué está pasando?.

—Dame la mano, Esmeralda —dijo, mientras buscaba a su hija entre la espesa niebla.

Sintió que le daba la mano, pero se extrañó al sentir que aquella mano era bastante más grande que la de su hija. En ese momento, la parte de la niebla que le cubría de cintura para arriba se disolvió en un perímetro de unos dos metros. Se quedó boquiabierta al darse cuenta de que quien le daba la mano era su marido, al que ella daba por muerto.

—Pero… No es posible —dijo, mientras se le saltaban las lagrimas.

—¡Sí que lo es! —le contestó—, Has de saber que sigo vivo, aquél a quien diste sepultura no era yo.

—Pero… —La mujer trató de articular palabra, aunque le resultó imposible.

—En realidad —continuó hablando aquel espectro—, aquello que viste era una parte de mí, la parte más oscura, la parte que hizo que nos separásemos el uno del otro. Has de saber que sigo vivo y que estoy muy cerca de ti, que no te olvido y que te sigo queriendo.

—¿Cómo, dónde? —preguntó la sorprendida mujer.

—Sigue la luz que ilumina tu corazón y me encontrarás. Por ahora no puedo decirte nada más, salvo que te sigo queriendo.

En ese momento, la mujer escuchó la voz de la pequeña que le decía:

—¡Bueno, mami! ¿Vas a abrir la nevera, sí o no?

—¿Qué pasa? —preguntó la madre, como si saliera de un profundo sueño.

—¡El gato! —dijo la pequeña—. Que se ha ido de la nevera hace un momento. Será que tenía hambre, porque come como un cerdo. A este paso va a dejar el plato vacío.

—Bu… bueno —dijo la madre, un tanto aturdida—, mejor que nos haya dejado de incordiar. ¡Ale, mi amor, merendamos y nos vamos a dar una vuelta!

—Muy bien, mami —dijo—, pero, por favor, piensa un poco más en lo de la señora esa tan rica. A mí me ha caído muy bien. ¡Y vaya casa más chuli que tiene!

—De acuerdo, mi amor, te prometo que pensaré en ello, vamos a merendar.

Después de un rato salieron a la calle para dar una vuelta, aprovechando que hacía buena tarde.

Cuando llegaron a unos jardines próximos a su casa, la madre se sentó en un banco para descansar un poco. Necesitaba poner orden en su interior, ya que se sentía abrumada por todo lo que le venía sucediendo.

—¡Venga, Esmeralda! —dijo—, ve un poco a jugar a los columpios mientras yo descanso un rato.

—Muy bien, mami —le contestó.

La madre aprovechó para tomar una bocanada de aire, al tiempo que suspiraba profundamente.

Escuchó a su lado una extraña voz que le decía:

—¡Vaya lío!, ¿verdad?

La mujer se giró y no daba crédito a lo que estaba viendo. Era el pájaro de colores.

Miró a su alrededor, como para asegurarse de que no había nadie más.

—¿Has sido tú?

El pájaro repitió, como queriendo hacerse pasar por un loro:

—¡Vaya lío!

La mujer le preguntó:

—¿Te has perdido, bonito?

—¡No tanto como tú! —le contestó.

—¿Cómo dices? —preguntó la mujer cada vez más sorprendida.

—¡No tanto como tú! —repitió de nuevo el ave multicolor.

—¡Esto es de locos! —dijo la mujer, un tanto desesperada—. No me faltaba nada más que esto.

—Él te echa mucho en falta —dijo el pájaro.

—¿Como que él?, ¿qué estás diciendo?, ¿pero a quién te refieres? —preguntó ella de nuevo, mientras añadía— ¡Me lo temía, en lugar de acabar hablando con las botellas de leche, voy a terminar hablando con el pájaro del jardinero!

—¡El jardinero, el jardinero! —dijo el pájaro, al tiempo que levantaba el vuelo y se marchaba.

La mujer lo miró algo consternada. Suspiró y, a los pocos segundos, sonrió como si se sintiera liberada.

—¡Ese pájaro loco! —dijo—, en el fondo es muy simpático y gracioso… ¡Será posible!

En ese momento, se acercó la pequeña con la cara llena de barro.

La madre, al verla, le preguntó:

—Pero, ¿qué te ha pasado cariño?

—Pues que me he resbalado y me he caído en ese charco —le contestó con un tono de risa y poca preocupación.

—¡Pero bueno! —dijo la madre—. Anda, vamos a esa fuente a limpiarte la cara.

Cuando le estaba limpiando la cara en la fuente, escuchó a su lado una voz que le era familiar y que le decía:

—¿Va todo bien?

Se giró y resultó ser su amigo el jardinero.

La madre, al verlo, se quedó cortada y le respondió como pudo:

—Sí, gracias, aquí estoy limpiándole la cara a Esmeralda; se ha tropezado y la tiene llena de barro, como si llevase una careta.

—¡Vaya por Dios! —le contestó—. Y con lo guapa que es, aunque en el fondo lo que de verdad cuenta es la belleza que se lleva en el interior y, de esa, tu hija tiene de sobra. Además, todos llevamos caretas que, de un modo u otro, ocultan nuestra verdadera identidad, ésa que brilla en nuestros corazones como la estrella que nos guía en la vida.

La mujer se quedó mirándole en completo silencio, como si estuviera abducida.

—¿Te pasa algo?, ¿estás bien? —le preguntó él, un tanto preocupado.

—Mami, ¿estás bien? —le preguntó la pequeña.

—Sí, sí, tranquilos, estoy bien —contestó la mujer, como saliendo de un estado de trance—.

No me pasa nada.

—¡Vaya! —dijo él—. Por un momento pensé que te estabas mareando o algo parecido.

—No, no, qué va —dijo ella, saliendo del apuro—. Y tú, ¿qué haces por aquí?

—¿Yo? —le contestó—. Pues suelo pasear por aquí por las tardes, es un sitio bonito y siempre se agradece respirar este aire que es un poco más limpio que el de las aceras y el asfalto que nos rodea. Por cierto, ¿has pensado algo con respecto a la oferta de trabajo de la rica mujer?

—¡Ah, sí! La multimillonaria —dijo ella, no sabiendo qué contestar.

—¡Sí, mami! —dijo la pequeña—. Con lo bien que me cae esa mujer, seguro que si trabajases con ella estarías muy contenta.

—Claro, claro —continuó la mujer, un tanto anonadada.

—Seguro que sí —dijo el jardinero, al tiempo que le guiñaba el ojo a la pequeña—, yo también creo que estarías a gusto en esa mansión.

—¿Tú crees? —preguntó la mujer.

—¡Claro que sí! —dijo su amigo—. Además de simpática, yo pienso que es una buena persona y creo que te trataría muy bien.

—¿Y tú qué piensas hacer? —le preguntó ella.

—Yo, por mi parte, lo tengo bastante claro —dijo él—. Para mí es una buena oferta de futuro. Además, donde estoy ahora quedan pocos días para que se acabe el trabajo, así que lo tengo muy claro. ¡Yo iré!

—Y tú, mami, ¿qué vas a hacer? —dijo la pequeña.

—¡Está bien! Intentaré ir, aunque no os prometo nada —les contestó—. Primero tengo que hablar con la mujer a la que le hago trabajos de vez en cuando y luego ya veremos.

—Bueno —dijo él—, ojalá que al final te animes. Y ahora, si queréis, os invito a un helado.

—Hace tan buena tarde que la verdad es que apetece —dijo ella—, y luego nos vamos para casa, ¿vale Esmeralda?

—¡Yupi! —exclamó la pequeña—, yo lo quiero de horchata de leche de chufa.

Tomaron el helado y, después de charlar un rato, se despidieron.

Los extraños símbolos

A la mañana siguiente, nuestro genio se materializó de la forma que siempre solía hacerlo en el patio de La Esperanza, con el ánimo de tratar de desvelar el misterio del reloj de sol.

Se puso a flotar enfrente del mismo, para ver si había algún detalle que le fuese familiar. Lo miró varias veces y tras un rato suspiró un poco desesperado, mientras decía:

—¡Vaya galimatías, todo esto me suena a chino!

En ese momento escucho una voz ronca que le decía:

—¡Más que chino es greco-romano!

—¿Cómo dices? —preguntó el genio, al tiempo que se giraba para comprobar que su acompañante era el cuervo con el que tuvo algunos encuentros anteriormente.

—¡Digo que es greco-romano! —le repitió aquel ave carroñera.

—¿Y tú cómo sabes eso? —preguntó el genio.

—¡Vamos a ver! ¿Tú, hasta ahora, qué has descubierto? —dijo el cuervo.

—Pues he visto que pone Eolo entre todas esas letras —le contestó.

—¿Y quién es Eolo, si puede saberse? —preguntó.

—Pues, que yo sepa —dijo el genio—, es el Dios del Viento.

—¡Aprobado! —continuó el cuervo—. Pues resulta que ese dios pertenece a la mitología griega. Por eso te digo que es griego y no chino.

—¡Genial! —dijo nuestro amigo—. Entonces, ¿qué pasa, que está lleno de dioses griegos y romanos?

—Por ahí va la cosa —le contestó aquel enorme cuervo—, lo único que tienes que hacer es buscarlos entre ese barullo de letras.

—¡Pues muchas gracias! —dijo el genio—. ¿Y cuántos hay? ¿Y esas marcas que hay junto a algunas de las letras, qué significan?

—¡Vaya, vaya! —continuó el cuervo—, estás más perdido de lo que yo pensaba.

—¡Hombre, pues como no me des un mapa para guiarme! ¡No sé yo…! —contestó el genio.

—Pues de eso se trata, precisamente —le contestó el cuervo, al tiempo que levantaba el vuelo para marcharse—. El mapa está más cerca de lo que tú te piensas. ¡Buena suerte!

"¿Qué está cerca?", pensó el genio.

—Vamos a ver —dijo mientras se elevaba unos metros sobre el suelo de aquel patio enclaustrado, con el ánimo de mirar aquellas gárgolas un poco más de cerca.

Después de mirarlas y remirarlas durante un rato, agachó la cabeza y cerró los ojos en un gesto de derrota, al tiempo que exclamaba:

—¡Es imposible, nunca lo sabré!

En ese momento, el genio abrió los ojos y… ¡et voilà! Allí estaba la respuesta.

Ese día habían limpiado el suelo del claustro de las hojas que lo cubrían, de manera que quedaban al descubierto unos dibujos hechos en relieve sobre el suelo de aquel claustro empedrado. Cada dibujo estaba relacionado con cada una de las gárgolas de aquel recinto.

Éstas eran seis, pero tan sólo había cuatro que estuviesen conectadas, por así decirlo, con aquellos dibujos, ya que estos partían de los pilares sobre los cuales estaban las cuatro gárgolas.

El genio miró primero la gárgola del pez y vio que de su pilar correspondiente salían unos dibujos de olas, que iban a parar al pozo de aquel claustro. Entre las olas podía verse el dibujo de un ser, mitad hombre mitad pez, que sostenía un tridente en su mano derecha.

El genio, al verlo, dijo:

—Esto sí que tiene gracia, eso de mitad y mitad me recuerda a uno que yo me sé. Mitad hombre, mitad vaporoso, je, je, je…

Luego miró al pie de la gárgola del león y vio unos dibujos de llamaradas, que iban en dirección al reloj de sol y que subían por la pared hasta llegar a él.

—¡Vaya, vaya, qué curioso es todo esto! —dijo.

Más tarde, observó que del pie de la gárgola del toro salían dibujos de ramas y hojas, que se extendían por todo el perímetro del claustro y que iban a parar a las zonas ajardinadas del mismo.

—¡Tierra! —dijo el genio.

Por ultimo, miró al pie de la gárgola de Eolo, pero vio con sorpresa que no había ningún dibujo.

—¡Será posible! —exclamó un tanto contrariado. Entonces se acercó con cierta cautela hasta la gárgola y vio que de su alrededor, hacia las paredes del claustro, salían dibujos representativos del viento.

—¡Vaya, vaya con Eolo! —exclamó—. Siempre dando la nota. No sé por qué me imaginaba que tenía que ser algo diferente a los demás. Bueno, vamos a ver si mi amigo me da alguna ayudita.

Miró al pie de la gárgola de Eolo, con el ánimo de ver si las placas que solían portar mensajes tenían alguna nueva inscripción. Se dio cuenta de que había una tercera placa, que estaba llena de las mismas marcas que había en el reloj de sol junto a las letras.

Nuestro amigo, al ver lo que ponía, dijo:

—¡Genial, más marcas de esas raras! ¡Pues vaya ayudita!

Pensó que, a lo mejor, había alguna otra inscripción debajo de las otras gárgolas que pudiera ayudarle.

Miró la placa bajo la gárgola del león y vio que tenía las mismas marcas, pero con diferente disposición y en distinta cantidad.

—¡Pues qué bien! —dijo—. A ver la del toro…

La miró y vio que aquello era más de lo mismo.

—¡Genial! —exclamó—. Esto cada vez va a mejor, ¡no entiendo nada! A ver si hay más suerte con la del pez…

Miró la placa y vio más marcas, parecidas a las anteriores.

—Definitivamente, esto no es cosa de genios —dijo—, al menos no para los que son de mi clase. Será mejor que lo deje para otro momento.

Dio tres vueltas sobre sí mismo y desapareció. ¡Flop!

Así eran las cuatro gárgolas, con sus respectivos símbolos
que aparecían debajo de cada una de ellas.

El genio del fuego

Habían pasado varios días desde que el jardinero comenzara su nuevo trabajo como conserje en la mansión. Pero su mujer, la madre de Esmeralda, todavía no había aparecido por allí. Esto extrañó a la dueña de la mansión. Pasada una semana, se acercó a su nuevo empleado y le preguntó:

—¿Cómo es que no viene tu amiga a trabajar?

Él, encogiéndose de hombros, le contestó:

—A mí también me extraña que no haya venido; de hecho, parecía que estaba interesada en el trabajo. La verdad es que es un poco raro, más aún teniendo en cuenta su precaria situación. No lo entiendo.

—Pues yo creo que deberíamos hacer algo —dijo la rica mujer.

—¡Ya! —contestó él—. ¿Pero qué podemos hacer?

—Ya se me ocurrirá algo —dijo ella, poniendo una sonrisa burlona—, no te preocupes. Además, con esa pobre criatura tan adorable…

—Sí —dijo él—, es una lástima la situación en que se encuentra.

—Pues nada —dijo ella—: ¡algo haremos! Cuando se me ocurra algo, te aviso. Puedes seguir con tu trabajo.

—Lo que usted diga —le contestó. Y se fue hacia el almacén de la mansión.

Se puso a ordenar las cosas que había por las estanterías, ya que había un poco de todo, pero lo que más abundaba eran cosas relacionadas con las culturas antiguas, ya que el padre de aquella rica mujer se había dedicado a viajar por todo el mundo.

Estaba ordenando las cosas de los baúles y poniéndolas en las estanterías, cuando el hombre se fijó en un extraño calendario que colgaba de la pared. Era grande y de piedra, y le llamó la atención porque estaba lleno de extrañas marcas y símbolos.

Siguió mirando aquel cuarto y se fijó en que, en una de las estanterías, había una especie de lámpara de Aladino.

El hombre, al verla, se dijo para sí mismo: "A lo mejor, si la froto, aparece mi amigo el genio y me ayuda con el asunto de mi mujer".

Sacó un trapo que llevaba en el bolsillo y se puso a frotar aquella lámpara. Pero, por más que la frotaba, de aquella lámpara no salía nada.

Tras estar varios minutos sacando brillo, el hombre desistió de su intento. Tiró el trapo al suelo y dejó la lámpara sobre un estante, al tiempo que decía:

—¡Seré iluso!

Y se dio la vuelta para sacar más cosas de un baúl. Pero, justo en ese momento, sintió como un fogonazo a su espalda que hizo que se iluminara la habitación durante un instante. Se dio media vuelta y se quedó perplejo por lo que estaba viendo. Era un genio, sí, pero no precisamente su vaporoso amigo; éste era totalmente distinto, era rojo y amarillo, y todo su cuerpo parecía estar envuelto en llamas. El genio se estiraba y bostezaba, como si llevase durmiendo una eternidad dentro de aquella lámpara.

El hombre, al verlo, salió corriendo para coger un extintor que colgaba de una de las columnas. Y, cuando se disponía a rociar a aquel genio, éste le dijo medio bostezando:

—¿Por qué me has llamado?

El hombre dejó el extintor en el suelo, sorprendido por aquellas inesperadas palabras.

—Bu... bueno, yo —dijo balbuceando, sin saber qué decir.

El genio preguntó:

—¿Es que acaso ya ha llegado el periodo del fuego?

—¿El periodo de qué? —preguntó el hombre.

El periodo del fuego —le contestó el genio, un tanto extrañado—. Por cierto, ¿quién eres tú?

—¿Yo, yo...? Bu... bueno, trabajo aquí y...

El genio, al ver que aquel hombre no sabía qué responder y que, además, le había sacado de su profundo sueño para nada, comenzó a echar fuego por las orejas, al tiempo que el brillo de sus llamas iba en aumento.

El hombre se asustó y se agachó para coger de nuevo el extintor. Cuando se disponía a pulsar la manivela que da paso a la espuma para apagar las llamas de aquel acalorado genio, escuchó una voz femenina que, de manera imperativa, exclamó:

—¡Samsalazam!

En ese momento, el genio con todas sus llamas volvió a la lámpara, dejando tras de sí una estela de humo.

El hombre, aturdido por aquella inesperada intervención, se giró para descubrir que la que había hecho regresar a aquel genio a su prisión era la rica mujer, propietaria de todas aquellas piezas de museo.

—¿Pero se puede saber qué es lo que has hecho? —le preguntó al asustado conserje.

—¡Nada! —le contestó—, estaba limpiando esa vieja lámpara de aceite cuando, de repente, salió esa cosa de su interior.

—Pues "esa cosa", como tú lo llamas —dijo la mujer—, es un genio del fuego y has estado a punto de ser abrasado por sus llamas. No me acordaba de que esa vieja lámpara estaba en esta habitación, tendría que haberte avisado de ese peligro. ¡Perdóname!

—No se preocupe, estoy bien, ha sido más el susto que otra cosa. Y, disculpe la pregunta: ¿cómo es que usted tiene algo así?

—Eso es cosa de mi padre. Cuando estuvo por las tierras de oriente, alguien le vendió esa lámpara por una importante cantidad de dinero, alguien que estaba muy necesitado como para deshacerse de ella, ya que el genio que la habita concede tres deseos a su dueño. Pero, por desgracia, también uno tiene que estar preparado y perfectamente sintonizado con el genio, ya que, si no, las consecuencias pueden ser desastrosas y más aún tratándose de un genio del elemento fuego. Mi padre, a lo largo de toda su vida, tan sólo consiguió un deseo a cambio de una condición que le fue impuesta por este genio. Después de eso ya no consiguió nada más hasta su muerte.

El hombre, que estaba atento a las explicaciones de aquella mujer, aprovechó el momento para hacerle una pregunta:

—¿Y cuál fue ese deseo, si no es indiscreción?

—Pues, ni más ni menos, que todas estas riquezas que nos rodean —contestó la mujer, poniendo cara de poca satisfacción.

—¿Por qué pone usted esa cara? —le preguntó él, un tanto sorprendido.

—Pues porque el dinero no lo es todo —le contestó ella un tanto contrariada—. Pero como el deseo de mi padre era viajar, no le importó que el genio le concediese una rica fortuna a cambio de acortarle la vida, ya que al tratarse de un genio del fuego sus llamas hacen que tu vida se consuma por el fuego del deseo, y por eso te digo que el dinero no lo es todo. Además de eso, le hizo prometer a mi padre que construiría un reloj de sol muy especial y diferente a los demás en el claustro de La Esperanza.

—¿El claustro de La Esperanza? —preguntó el hombre, sorprendido y lleno de curiosidad.

—Sí, el mismo —dijo ella—. ¿Es que lo conoces o has estado alguna vez en su interior?

—¡Claro que sí! —dijo él—, muchas veces, pero nunca he visto ningún reloj de sol.

—Será porque no te habrás fijado —dijo ella—, porque es ahí precisamente donde se encuentra. Es un sitio poco usual para un reloj de sol, pero ésa era la voluntad del genio. Sabe Dios por qué querría que se colocase en ese lugar.

—Tal vez porque es una forma metafórica de indicarnos que el sol que nos ilumina el camino de la vida está dentro de nosotros, entre la espesura del bosque, en nuestro interior, dentro del corazón —dijo él.

—Ahora que lo dices, tienes razón —continuó ella—, nunca me había parado a pensarlo de esa manera. ¿Qué te parece si haces un descanso? Te invito a tomar un tentempié en el salón.

—Por mí, encantado —le contestó—, me vendría bien un pequeño descanso para recuperarme del susto.

Se sentaron en el salón y, cuando ya se habían acomodado tras servir le mujer el café, le preguntó a su empleado.

—¿Cómo te gusta, solo o con leche?

—Con leche —dijo él. Entonces, ella cogió la lechera para servirle la leche a su empleado pero, para su sorpresa, no caía ni una gota por más que volcaba aquella pequeña jarra sobre la taza de café.

—¡Pero será posible! ¿Por qué no cae la leche?

En ese momento comenzó a salir una nube de vapor a chorro por la boca de la lechera que, poco a poco, fue tomando la forma de nuestro genio lechero.

La mujer, al ver aquello, exclamó:

—¿Qué es lo que está pasando ahora?

El genio terminó de materializarse de espaldas a la sorprendida pareja, sin percatarse de su presencia. Entonces se puso a mirar un calendario de piedra que colgaba de la pared y que tenía unas marcas parecidas a las del reloj de sol del claustro.

Mientras observaba aquellas marcas, decía:

—Son muy parecidas, ¿pero qué querrán decir?

Escuchó a su espalda la voz de la rica mujer, que le decía:

—¡Son números!

El genio, sorprendido por aquella respuesta, se dio media vuelta:

—¿Nú... números? ¡Ah, qué interesante!

—¡Ya! —dijo la mujer—, ¿y tú, puede saberse quién eres?

—¿Yo? —contestó— ¡Soy un genio de ciudad!

—Así que un genio de ciudad —dijo la mujer—, ¿pero de qué clase?

—Pues de la clase de ciudad —volvió a repetir nuestro sorprendido amigo.

—¡Vaya, vaya! ¡O eres muy tonto o eres demasiado listo! ¿Y puede saberse qué es lo que haces en mi casa? —volvió a preguntar ella, un tanto disgustada por su presencia.

—Pues yo... —contestó—, sólo estoy tratando de ayudar.

—¡Ah!, ¿sí? —dijo ella—. ¿Y ayudar a quién, si puede saberse?

—Al hombre que le acompaña —respondió.

—Es cierto —dijo el hombre—, este genio lleva meses tratando de ayudarme, aunque de una manera muy peculiar, pero parece que tiene buenas intenciones.

—Ya... —dijo la mujer—. Ojalá sea cierto y espero que tu ayuda sea sin ninguna condición previa.

—¿Condición? —preguntó el genio, un tanto sorprendido.

—Sí —dijo ella—, a mi padre le ayudó uno de tus amigos y le acabó costando la vida.

—¡No me diga! —dijo el genio, sorprendido— ¿Y qué le pasó?

—Que se cruzó en su camino con un genio del elemento fuego —contestó la mujer, un poco más tranquila—, por eso te he preguntado qué clase de genio eres tú.

—Pues, que yo sepa —dijo él—, a mí me rige el elemento aire.

—Así que el aire —continuó ella—, ¿y si le concedes un deseo a mi amigo cuáles serán las consecuencias?

—Pues yo creo que ninguna —respondió nuestro aturdido genio.

—¡Hombre! Ninguna, ninguna... ¡tampoco! —dijo el conserje.

—¿Cómo dices? —preguntó la mujer, al tiempo que el genio también ponía cara de sorpresa.

—Sí —continuó el hombre—, ¿es que ya no te acuerdas de que gracias a tu ayuda yo estoy muerto?

—¿Muerto? —dijo la mujer, al tiempo que ponía cara de contrariedad.

—Sí, bueno... —dijo el genio—. Todo depende del punto de vista.

—¿Cómo que depende del punto de vista? —preguntó la mujer, tratando de entender lo que estaba pasando—. ¿Por qué no nos explicas este embrollo?

—Bueno —dijo el genio— A ver por dónde empiezo...

—¡Por mi cara! —dijo el hombre—. ¡Podías empezar por mi cara!

—¿Y qué le pasa a tu cara? —preguntó la mujer, llena de curiosidad.

—Es una larga historia —dijo el genio—, pero trataré de explicarme de forma que se me comprenda.

Tras estar una hora explicando las venturas y desventuras de aquel hombre, su paso por la cárcel debido a la inoportuna intervención del genio, de las joyas y demás, la mujer asintió con la cabeza como haciendo un gesto de que había comprendido toda aquella situación.

—¿Así que fuiste tú y no mi amigo quien robó las famosas joyas de Eolo? —dijo ella—. ¡No me lo puedo creer! ¡Pues sí que la liaste buena!

—¡Eso! —dijo el hombre—. ¿Y si estoy muerto, me quieres explicar cómo has pensado que voy a recuperar a mi mujer y a mi hija?

—Tranquilos —dijo el genio—, tranquilos, todo tiene solución en esta vida. Además, ¿tú no tenías un hermano gemelo?

—¿Cómo dices? —preguntó el hombre, poniendo cara de sorpresa—. ¿Un hermano gemelo? ¡Pues no!

—Eso es —dijo el genio—, nunca lo has tenido, pero eso es algo que la policía desconoce, lo mismo que tu mujer y tu hija. Pero, a partir de ahora, el que murió en la cárcel va a ser él y no tú.

—Muy ingenioso —dijo el hombre, un poco más calmado—, ahora entiendo lo del cambio de mi nombre en el DNI. ¿O sea que ya lo tenías todo planeado de antemano?

—Para ser exactos —contestó el genio—, no del todo. No me voy a llevar yo todo el mérito de la idea del cambio de nombre. En realidad, ha habido más de una intervención en toda esta historia, no soy el único que está tratando de ayudarte.

—¡Ah!, ¿no? —dijo la mujer, sorprendida—. ¿No habrá por ahí otro amigo tuyo que sea un genio como tú?

—No —dijo—, no se trata de ningún genio, podéis estar tranquilos en ese sentido; vamos a decir que se trata de una ayuda extra. Aunque no sé exactamente de quién se trata, os puedo asegurar que no es ningún genio.

—Desde luego —dijo el hombre—, no se puede negar que seas un genio del aire, porque cada vez te entiendo menos, esto es como hablar con un remolino de viento.

—¡Y que lo digas —precisó la rica mujer—, y que lo digas!

—Bueno —continuó el genio—, lo importante es que todo se va a solucionar. Sólo hace falta que tu mujer y tu hija te vean de nuevo con la cara que tenías antes y que les expliques lo de tu hermano gemelo. Eso es todo.

—¿Y cómo piensas hacer eso, si puede saberse? —preguntó la mujer a nuestro atolondrado genio.

—Pues muy fácil —contestó el genio—, sólo tiene que pedirme el deseo de que le cambie la cara y ya está.

—A ver si te he entendido… —dijo el hombre—. O sea, ¿que yo te pido ese deseo y todo solucionado?

—¡Eso es! —dijo el genio, al tiempo que dibujaba una sonrisa en su vaporosa cara.

—¡Pues a qué estamos esperando! —dijo el hombre—. ¡Deseo tener la misma cara que tenía antes!

El genio hizo unos cuantos pases mágicos sobre el rostro de aquel hombre, al tiempo que decía:

—¡Salazam!

En ese momento, el hombre desapareció tras una vaporosa explosión. ¡Flop!

La mujer, al ver semejante prodigio, preguntó:

—¿Se puede saber a dónde has enviado a mi amigo?

—Pues a la casa de su mujer, creo…

—¡Cómo que creo! ¿Es que no estás seguro de tus poderes o qué?

—¡Claro que estoy seguro! —dijo el genio, queriendo salir de aquella situación—. Pero ya se sabe cómo son estas cosas, los deseos siempre se cumplen si se piden de todo corazón. Así que, si no le importa, voy a asegurarme de que todo ha ido bien.

Dio tres vueltas sobre sí mismo y desapareció. ¡Flop!

A los pocos segundos, nuestro amigo apareció en la casa de Esmeralda, en medio de la cocina. Pero, para su sorpresa, allí no estaba su amigo.

Sonó la cerradura de la puerta. El genio pensó: "¿Será él, que entra por la puerta de su nueva casa?".

Pero, al abrirse la puerta, vio que se trataba de la madre de Esmeralda, que regresaba a su casa con la compra.

Entonces, el genio se metió en el dormitorio para no ser visto. Entornó la puerta para ver lo que sucedía en la cocina y, en ese momento, escuchó unos ronquidos que parecían venir de la cama. Se giró y se dio cuenta de que era el hombre que él había enviado hasta ese lugar. Pero, para su sorpresa, su rostro era totalmente diferente, ya que no se parecía ni al conserje ni al marido de la mujer que estaba en la cocina.

—¡Pero qué es lo que he hecho! —exclamó—, ¿cómo puedo ser tan idiota?

Justo en ese momento, la mujer se dirigía hacia el dormitorio, pues quería ponerse una ropa más cómoda para estar en casa.

—¡No, no, no! —dijo el genio. Se abalanzó sobre aquel hombre dormido, al tiempo que hacía un chasquido con los dedos: los dos desaparecieron dejando tras de sí una nube de vapor. ¡Flop!

La mujer entró en la habitación y, al encontrarse con aquella nube, dijo:

—¡Otra vez ese genio! Está claro que no va a descansar hasta que termine de volverme loca. Bueno, a lo mejor mañana me paso por la mansión de esa mujer a ver si me da trabajo y, de paso, descubro algo más sobre el asunto de ese misterioso jardinero.

A los pocos segundos, nuestros dos amigos viajeros se materializaban sobre la hierba de los jardines de aquella ciudad. El hombre, ajeno a todo, seguía durmiendo mientras el genio, desesperado, se llevaba las manos a la cabeza:

—¡Pero qué es lo que he hecho! ¡No lo entiendo!

Entonces, escuchó una voz familiar que, desde la rama de un árbol, le decía:

—La verdad es que no hay que ser muy listo para entender lo que has hecho.

Se giró y vio que se trataba del pájaro de colores.

—¿Tú? —dijo el genio—. ¿Desde cuándo los pájaros locos entienden lo que les pasa a lo genios?

El pájaro le contestó:

—Tratándose de un genio como tú, no hace falta ser muy listo para entender lo que te ha sucedido.

—Está bien —dijo el genio—, ¿tú sabes por qué no se ha cumplido el deseo de mi amigo?

—Pues resulta —dijo el pájaro—, que todavía no es el momento adecuado para que tú puedas hacer que se cumplan los deseos de las personas.

—¡Ah!, ¿no? —dijo el genio—. Entonces, ¿cuándo se supone que es el momento adecuado?

—Pues… —dijo el pájaro—. Sólo a partir de la conjunción de los cuatro elementos.

—¿La conjunción de los cuatro elementos —preguntó el genio—, y eso qué es?

—Ya veo que en la escuela de genios dejaste de asistir a alguna de las clases más importantes —dijo el pájaro.

—Bueno —dijo el genio—, sí que es cierto que alguna clase me perdí, pero no creí que fuese de vital importancia.

—Pues ya ves que sí —continuó el ave multicolor—, me parece que hasta que no seas capaz de comprender el misterio de los cuatro elementos no podrás hacer nada para ayudar a tu amigo, así que tendrás que armarte de paciencia e ingenio para poder resolver este embrollo. Te deseo mucha suerte —dijo para terminar al tiempo que levantaba el vuelo y se marchaba.

—Desde luego —dijo el genio—, el genio alado del Viento del Oeste ya me podía haber advertido esto de los deseos. Yo aquí, convencido de que tenía todo el poder para conceder deseos, y resulta que no puedo hasta que llegue esa conjunción, que vete tú a saber qué será.

En ese momento, su durmiente amigo comenzaba a despertarse tirado sobre aquella hierba del jardín.

—¿Pero dónde estoy?, ¿qué ha pasado? —preguntó un tanto preocupado.

—¡Nada, qué va a pasar! —le contestó el genio, un poco irritado.

—¿Qué hacemos en medio del parque? —preguntó el hombre—, ¿ya me has cambiado la cara?

—Sí —dijo el genio—, cambiada desde luego que la tienes.

—Entonces —dijo él—, ¡ya puedo ir a ver a mi amada!

—¡Hombre! —continuó el genio—, casi mejor que no vayas, porque no creo que te reconozca.

—¡Pero claro que se acordará! —dijo él—. Aunque haya muerto, le contaré lo del hermano gemelo y listo.

—¡Ya —dijo el genio—, pues es que ahora precisamente no es que te parezcas mucho a tu hermano gemelo!

—¿Cómo dices? —preguntó el hombre, un tanto asustado, al tiempo que miraba su cara reflejada en el agua de un estanque de aquellos jardines—. ¿Pero qué me has hecho?, ¿quién es ése?

—Lamento comunicarte —dijo el genio—, que al parecer mis poderes no están al cien por cien y por eso tu cara ha cambiado, pero por desgracia no de la manera que nos hubiese gustado a los dos.

—Pero, ¿qué estás diciendo? —preguntó desesperado el hombre transfigurado—. ¿Cómo puede ser eso?

—Al parecer —dijo el genio—, para que yo pueda tener mis poderes al cien por cien es necesario que haya antes una conjunción de los cuatro elementos. Por desgracia no sé qué significado puede tener eso.

—¿Cómo que no lo sabes? —continuó el hombre—. Y, a ti, ¿quién te ha dado esa información?

—Pues un pájaro de colores que va volando de aquí para allá —dijo el genio, poniendo cara de estar un poco ido.

—¿Te refieres al ave que lleva los mismos colores que un semáforo? —preguntó el hombre, sin salir de su desesperación.

—¡Precisamente! —dijo el genio—. Ella tiene esa información pero, por desgracia, nunca se sabe dónde está ese plumífero volante multicolor.

—Pues, en ese caso, estoy perdido —dijo el hombre—, a no ser que…

—¿A no ser que qué? —preguntó el genio.

—A no ser —dijo el hombre— que lo de la conjunción se refiera a la unión de los genios de los cuatro elementos.

—¿Y qué genios son esos? —preguntó nuestro humeante amigo.

—Pues no estoy seguro —continuó el hombre—, pero en casa de esa rica mujer hay una lámpara que contiene a un genio del fuego y tal vez él sepa de qué va todo esto… Pero será mejor que no se entere mi jefa, no sea que se lleve un disgusto.

—¿Un genio del fuego? —preguntó sorprendido nuestro amigo—. ¿Así que tu jefa no me estaba vacilando con eso del genio del elemento fuego? Ahora creo que empiezo a entender de qué va todo esto. Y tú, ¿sabes dónde está esa lámpara del fuego?

—¡Por supuesto! —dijo el hombre algo más entusiasmado.

—Pues no perdamos más tiempo —dijo el genio—, volvamos a la mansión sin que se entere tu jefa.

Hizo un chasquido con los dedos, al tiempo que agarró a su amigo y ambos desaparecieron. ¡Flop!

A los pocos segundos aparecieron de nuevo en la mansión de aquella rica mujer, justo en el mismo sitio en el que habían desparecido con anterioridad. Por suerte para ellos, allí no estaba la dueña de la mansión, pero cuando nuestro genio le iba a dirigir la palabra a su amigo viajero, resultó que éste volvía a estar de nuevo dormido.

—¡Será posible! —exclamó—, quizás le pase esto por la conexión con la primera tele-transportación en la que estaba dormido y con resaca.

Entonces el genio comenzó a darle bofetadas en la cara:

—¡Pedro, Pedro, vamos, despierta!

—¿Qué pasa? —preguntó sobresaltado, mientras se despertaba de aquella extraña manera.

—Nada —contestó el genio—, se ve que a ti lo de viajar te produce sueño, ¿o es que quizás no te agrada la compañía y te resulto muy aburrido?

—¿Aburrido? —dijo el hombre—, tú eres de todo menos aburrido. ¡Pero si casi no me has dejado ni respirar desde que llegaste! Y hablando de acción, será mejor que nos pongamos manos a la obra. Vamos al almacén a por esa lámpara de fuego.

—Lo que tú digas —contestó el genio—, yo te sigo.

Llegaron al almacén con la máxima cautela para no ser descubiertos y, una vez allí, no les fue difícil encontrar la lámpara del genio del fuego.

—Bueno —dijo el hombre—, yo la frotaré y, si la cosa se pone fea, espero que tú con tus poderes seas capaz de contrarrestarlo antes de que nos prenda con su fuego, ¿de acuerdo?

—De acuerdo —contestó el genio—. ¿Pero por qué dices que si la cosa se pone fea?, ¿tan feo es ese genio?

—No se trata de eso —dijo el hombre—, ¡bueno, tú no te preocupes, si al final no le convencemos yo ya sé como dominarle!

—¡Ah!, ¿sí? —dijo el genio—, no sabía que tuvieras conocimientos sobre geniología.

—Yo tampoco —dijo el hombre—, pero no tenemos tiempo, así que manos a la obra.

—Lo que tú digas —dijo el genio, poniendo cara de circunstancias.

El hombre comenzó entonces a frotar la lámpara con todo su frenesí, lleno de ansiedad por ver alguna solución a su problema, mientras nuestro genio se escondía para no ser visto por el genio del fuego.

Al cabo de unos minutos comenzó a salir humo por la boca de aquella lámpara, al tiempo que el llameante genio hacía acto de presencia.

—Pero, ¿quién se atreve a perturbar mi sueño? —preguntó un tanto molesto, mientras se estiraba y bostezaba.

—¡Soy yo! —dijo el hombre—. ¡Tu nuevo amo!

—¿Y tú quién eres? —dijo aquel genio de la llama, poniendo cara de indiferencia.

—¡Eso no importa ahora! Te necesito para resolver un acertijo.

—¿Un acertijo? —preguntó el genio—, esto sí que tiene gracia, ¿no prefieres que te conceda un deseo?

La pregunta pilló por sorpresa al hombre que, en ese momento, comenzó a cambiar la expresión de su cara, como si el fuego del deseo lo tuviese dominado y fuera de sí:

—¿Un deseo?

—¡Eso es! —dijo el llameante genio—, yo te puedo ayudar si así lo deseas, pero tan sólo te pondré una condición.

—¿U... una condición? —dijo el hombre, como saliendo del estado hipnótico en que había empezado a entrar sin darse cuenta.

Entonces salió de golpe del estado de trance y exclamó:

—¡Cómo que una condición! ¡Nada de eso! ¡Tan sólo necesito que me respondas a una pregunta! ¿Qué significa la conjunción de los cuatro elementos?

Al instante, el genio le contestó:

—La conjunción a la que te refieres significa... que dentro de un momento vas a probar el sabor de mis llamas, ja, ja, ja.

Y comenzó a reír, haciendo ver al pobre hombre que no tenía ninguna intención de colaborar con él.

En ese momento, nuestro genio salió de su escondite al tiempo que exclamaba:

—¡No tan de prisa, antes de que le hagas nada a mi amigo te las tendrás que ver conmigo!

—¡Vaya, vaya! Pero, ¿qué tenemos aquí? —le contestó el genio de la llama, poniendo cara de prepotencia—. Así que éste es tu genio protector. En ese caso será un placer hacer una barbacoa con vosotros dos.

—¡Pues ahora verás lo que es bueno! —dijo nuestro genio. Hizo unos pases mágicos con sus manos—. ¡Askalasazam!

En ese instante salieron de sus manos dos remolinos de viento, que fueron a chocar contra el genio de la llama. Pero, lejos de apagar su fuego, el efecto resultó ser justamente todo lo contrario, ya que lo único que consiguió fue avivar sus llamas.

Éste al ver aquello dijo:

—¿Pero no te das cuenta de que con tus vientos lo único que vas a conseguir es acrecentar aún más mi fuego? Ja, ja, ja.

Nuestro genio puso entonces cara de besugo mareado, impotente ante aquel contrincante de llamas.

—¿Y ahora qué hacemos? —preguntó a su aliado amigo.

—No te preocupes —le contestó—. ¡Ahora verás! ¡Samsalazam!

En ese momento sintió la explosión de una nube vaporosa junto a él, se giró y vio que su genio amigo había desaparecido. ¡Flop!

—¿Pero qué...? —dijo el hombre, poniendo cara de sorpresa.

—¿Qué pasa? —dijo el genio del fuego—. ¿Es que has mandado a tu amigo para casa? Je, je, no importa, haré la barbacoa aunque sólo sea contigo.

Comenzó a hacer pases mágicos con sus manos, fijando la mirada sobre el asustado jardinero.

En ese momento se abrió la puerta del almacén de forma repentina. Era la rica mujer que, dando unos pasos, se acercó hasta el lugar de la escena, mientras miraba al llameante genio y exclamaba:

—¡Samsalazam!

En ese instante, el genio de la llama regresó a su prisión, dejando tras de sí una estela de humo negro.

—¿Pero se puede saber qué te ha pasado en la cara —preguntó a su asustado amigo—, y en qué estabas pensando para despertar otra vez de su sueño a ese peligroso genio?

—Le pido mil perdones —le contestó—, me he dejado llevar por el deseo irrefrenable de recuperar mi verdadera cara.

—¿Cómo? —preguntó la mujer—. Ya veo que tu rostro no se corresponde ni con el anterior ni con el de la foto de las noticias del robo de los ojos de Eolo, pero si tu amigo genio no te ha devuelto tu verdadera identidad, mucho menos aún te la va a devolver el genio de la llama, al menos no sin poner una condición a cambio.

—¿Y usted cómo me ha reconocido? —preguntó el asustado hombre.

—En cuanto te vi vestido con esa ropa —dijo la mujer— y teniendo la misma complexión corporal que antes, he imaginado que eras tú y que algo había salido mal. Por cierto, ¿dónde está tu amigo?

—Pues eso mismo quisiera saber yo —dijo el hombre, un tanto sorprendido por aquella situación—. Yo pensé que al decir las palabras mágicas el genio de la llama volvería a su prisión, pero en lugar de eso mi amigo genio desapareció. ¡No entiendo qué ha pasado!

—¡Ya! —dijo la mujer—, lo que pasa es que tú no tienes el anillo vinculante para ejercer el poder de la palabra sobre el genio de la llama, aunque al parecer sí que tienes un anillo que ejerce ese poder sobre tu amigo.

—Pues no lo entiendo —dijo el hombre—, el único anillo que llevo puesto es éste.

—¿Y de dónde lo has sacado? —preguntó la mujer, llena de curiosidad.

—Resulta que este anillo lo encontré dentro de mi celda cuando estuve en la cárcel, me llamó la atención por las extrañas marcas que tiene.

—¡A ver! Enséñamelo —dijo la mujer—. ¡Qué interesante! Son los símbolos del aire, pero un anillo de estas características no se encuentra así como así. ¡Qué raro que estuviese en tu celda! Yo tengo este otro anillo heredado de mi padre, a él se lo vendió el mercader junto con la lámpara del genio de la llama y, como puedes ver, este anillo porta los signos del fuego que confieren el poder sobre el genio del mismo elemento. Todo esto es muy extraño, ahora tendríamos que averiguar a dónde a ido a parar tu vaporoso amigo. ¿En qué estabas pensando cuando pronunciaste las palabras mágicas?

—Pues no tengo ni idea —dijo el hombre—, estaba tan preocupado por el enfrentamiento con el genio del fuego que lo único que se me pasaba por la cabeza eran un montón de llamas flamígeras dentro de esa lámpara del fuego.

—¡Ya! —continuó la mujer—, pues es muy probable que hayas enviado a tu amigo a compartir el mismo habitáculo que ocupa ahora nuestro llameante genio, pero no nos podemos arriesgar a hacerlo salir de la lámpara, ya que saldría con él al mismo tiempo el genio de la llama… y cada vez que sale es más difícil ejercer el control sobre él, aunque yo porte el anillo vinculante. Así pues, es necesario esperar unos días para que pierda parte de su poder y así podamos separar a ambos genios.

—Lo que usted diga —contestó el hombre, un tanto contrariado—, tendré que armarme de paciencia con esto de conseguir mi verdadera identidad, en fin… será que así es como tiene que ser.

—Con esto de los genios, la mejor medicina es la paciencia; si uno se deja llevar por el deseo, al final se termina como lo hizo mi padre, devorado por el fuego.

—Creo que será mejor hacerle caso —dijo él—. Esperaré.

El hombre quemado

A la mañana siguiente, la madre de Esmeralda se dispuso a hacer la visita a la mansión de la rica mujer, con la idea de conseguir un trabajo más estable y, de paso, resolver el misterio del jardinero. Tras dejar a su pequeña en el colegio, se dirigió hacia aquella enorme mansión. Tocó el timbre y, después de decir quién era, le abrieron la puerta. Entonces la rica mujer se dispuso a recibirla.

—¡Cariño!, ¿qué tal estás? —le preguntó nada mas verla—. ¿Y qué tal está tu adorable hijita?

—Las dos estamos bien, gracias, yo también me alegro mucho de verla —le contestó.

—Supongo que habrás venido en busca del trabajo que te prometí —dijo la rica mujer.

—Sí, claro. Si es que usted no ha cogido ya a otra persona, claro está.

—No cariño —le contestó—, ese puesto es para ti, la plaza sigue vacante.

—Pues muchas gracias. Por cierto, ¿sabe usted algo de nuestro amigo el jardinero?

—Sí, desde luego. Él vino a trabajar al día siguiente de nuestro último encuentro, ahora precisamente está liado en el jardín. Si quieres puedes ir a saludarle.

—Estaré encantada de hacerlo —le contestó—. ¿Por dónde se va?

—Tranquila —dijo la rica mujer—, yo te acompaño.

Llegaron hasta el jardín y allí estaba el hombre, trabajando de espaldas a las dos mujeres que acababan de llegar.

—¡Hola!, ¿qué tal? —dijo la madre de Esmeralda.

—¡Hola! —respondió el hombre, al tiempo que se daba la vuelta—, ¿qué tal estáis tú y tu hija?

—Muy bien, gracias —le contestó sorprendida, al darse cuenta de que la cara de aquel hombre no se correspondía con la del jardinero—, pero… ¿quién eres tú?

—Yo soy el hermano de tu amigo el jardinero —le contestó—, seguramente te habrá sorprendido, ¿verdad?

—La verdad es que sí —dijo ella—, no sabía que tuviese un hermano.

—Bueno —dijo él—, pues ya ves que sí. Quizás nunca te habló de mí porque siempre he vivido fuera, muy lejos de aquí. La verdad es que mi hermano a veces es demasiado reservado para sus cosas. Vine hace unos días, ya que me enteré de que estaba aquí por las noticias y, como hacía mucho tiempo que no nos veíamos… además, él me ha hablado mucho de ti, se ve que le caes muy bien.

—¡Ah!, ¿sí? —dijo ella—. ¡Vaya, vaya!, ¿y dónde está él ahora?

—Está de baja —dijo la rica mujer—: el otro día tuvo un pequeño accidente de jardinería y su hermano se ha ofrecido amablemente para sustituirle los días que haga falta. En realidad no es nada grave, no he querido decírtelo antes para no alarmarte.

—Pues nada —dijo la recién llegada—, a ver si se recupera pronto y lo vemos enseguida por aquí. Ha sido un placer conocerle.

—Lo mismo digo —le respondió él.

Entonces, dirigiéndose a la rica mujer, le dijo ella:

—Usted dirá cuál es el trabajo para el que me va a contratar…

—Claro, cariño —le contestó—, ven conmigo que te lo enseño.

Entonces las dos se fueron en dirección a la cocina de la mansión. Cuando llegaron, la mujer le dijo a su nueva empleada:

—Me gustaría que cocinases para mí; hace tiempo que no tengo una cocinera de la categoría de la que estoy segura que tú tienes. Para estas cosas tengo buen ojo y estoy segura de que tú lo harás muy bien.

—Muchas gracias por el cumplido —le contestó la mujer, un tanto ruborizada—, lo haré lo mejor que pueda.

—De eso estoy segura —continuó la dueña de la mansión—. Aquí te dejo con María Luisa, ella te ayudará en todo lo que sea necesario. Bueno, hasta luego, espero que todo sea de tu agrado.

—Hasta luego —le contestó su nueva empleada.

Tras las presentaciones de rigor, la rica mujer se fue de la cocina, dejando allí a su nueva cocinera.

Cuando llevaban dos horas cocinando, ya tenían casi todo preparado. La ayudante de cocina se despidió de ella, ya que su turno terminaba a esa hora.

La madre de Esmeralda, ya como nueva cocinera, se dispuso a preparar el postre. Calentó la leche en una jarrita metálica sobre el fuego de la cocina, tal y como venía explicado en la receta. Cuando la leche casi había alcanzado el punto de ebullición, fue a coger la jarrita para verter el contenido sobre la masa que había preparado con anterioridad pero, justo en ese instante, salió nuestro genio de manera repentina del interior de aquella jarrita recalentada, formando una nube blanquecina en medio de la cocina:

—¡Pero será posible! ¿Es que no sabes que la leche recalentada tiene sabor a quemado?

La mujer, al verlo salir de aquella manera, se sorprendió un poco al principio, pero al momento le dijo:

—¡Bueno, ya está bien de tanto truquito, me vas a dar una explicación de qué es lo que está pasando, porque ya me tienes bastante mosqueada!

El genio, que no se esperaba aquella reacción, le dijo:

—Tranquila, mujer, yo te explicaré todo lo que haga falta. Pero antes necesito saber si tu amigo el jardinero se encuentra bien.

La mujer, un poco más calmada, le contestó:

—Según dice mi jefa, ha tenido un pequeño accidente en el jardín y está convaleciente en su casa.

—¿Así que te ha dicho eso? —añadió el genio—, pues no sé qué me da que lo que tiene es más grave de lo que te ha contado, ya que la ultima vez que estuve con él se hallaba en una situación bastante peligrosa.

—¿En una situación peligrosa? —dijo ella, algo alarmada—, ¿entonces qué es lo que le ha pasado?

—Yo creo —continuó el genio—, que más que le haya pasado algo en el jardín, nuestro amigo debe de estar con el cuerpo bastante quemado. A estas horas seguro que está en el hospital de la ciudad, en la unidad de quemados, pero no le digas nada de esto a tu jefa, seguro que no te ha dicho nada para no alarmarte.

—Pues tienes razón —añadió la mujer—, ella dijo exactamente esas mismas palabras, dijo que no me alarmase. Lo que no me explicó es cómo es que está el hermano del jardinero tan tranquilo trabajando en el jardín, sustituyendo a su hermano, sabiendo que está en el hospital tan grave…

—¿El hermano del jardinero? —preguntó el genio sorprendido—. Seguro que ha buscado a alguien para sustituirle y te ha contado el rollo ése del hermano para que no sospeches nada.

—Bueno —dijo la mujer—, en todo caso cuando pueda iré a verle, pero no sé cómo se apellida

—¡Pues la hemos hecho buena! —dijo el genio, un tanto contrariado—, yo tampoco sé cuáles son sus apellidos. Pero, si vas a verle, no te será difícil encontrarle, ya que no creo que ayer hubiese muchos ingresados en la unidad de quemados.

—¡Ya! —dijo ella—, pero antes necesito saber quién es él verdaderamente, porque con este lío que has armado me encuentro muy confundida.

—Bueno —dijo él—, será mejor que te sientes antes, no sea que te dé un soponcio por la impresión.

—Está bien —dijo ella—, me sentaré, pero no creo que sea para tanto. Tú dirás de quién se trata.

—Está bien —prosiguió—. ¡Pues ahí va! El hombre a quien tú has conocido como jardinero y con el que has tratado últimamente no es otro que tu difunto marido.

—¡Ya decía yo —afirmó ella, poniendo cara de incredulidad— que al final de esta historia terminaría volviéndome loca! La verdad es que todo lo que me ha venido sucediendo últimamente apuntaba a que él era mi marido, con un rostro diferente. Pero yo a mi marido lo vi muerto dentro de su ataúd, así que será mejor que me des otra explicación más convincente.

—La verdad —dijo el genio—, es que el que viste dentro del ataúd era el hermano gemelo de tu marido. Si no, ¿cómo explicas que su nombre no coincidiese en el DNI, pero sin embargo coincidiesen sus apellidos?

—¡Pues que yo sepa mi marido no tiene ningún hermano gemelo!

—Ya ves que sí —dijo el genio—. Tan solo tenía un hermano y además era gemelo. Resulta que vivía lejos de aquí y cuando se quedó en la ruina no se le ocurrió mejor idea que robar esas joyas y hacer creer a todo el mundo que el ladrón fue su hermano, o sea, tu marido. Pero, gracias a Dios, le pillaron a tiempo y pagó por su delito. Ya ves que muy bien no se llevaban y, por eso, vivía lejos de aquí. Por eso tu marido nunca te habló de él.

—Bueno —dijo la mujer, poniendo cara de empezar a creer algo—, la verdad es que lo de su DNI fue algo que a mí me pareció muy extraño pero, como no sabía nada de su hermano, pensé que se trataba de un error de la policía; aunque, de todas formas… ¿cómo explicas que, si el jardinero es como tú dices mi marido, su cara es diferente y no se parece nada a él?

—Eso tiene que ver —continuó el genio— con la vez en que tuve que ayudarle a escapar de la policía, ya que pensaban que él fue el culpable del robo de las joyas de Eolo... Gracias a ese cambio de look acabaron atrapando a su hermano y no a él.

—¡Claro! —dijo ella—. Y, si al final atraparon a su hermano tal y como tú dices, ¿cómo es que todavía no le has devuelto su verdadero rostro?

—¡Pues sencillamente porque todavía no tengo el poder suficiente para hacerlo! —contestó el genio—. Además, cuando le cambié el rostro la primera vez lo hice con ayuda y de un modo totalmente altruista, lo cual hizo posible el milagro. Pero ahora la situación es diferente y eso hace que se complique. Resulta que para que yo pueda concederle el deseo de cambiarle la cara, antes debe producirse la conjunción de los cuatro elementos y, por desgracia, no estoy seguro de qué significado tiene eso.

—Y, si no sabes qué significa —continuó ella—, ¿de dónde has sacado esa información?

—Te va a hacer mucha gracia —dijo él—, pero esa información me la dio ese pájaro multicolor que parece un semáforo y que tanto le gusta a tu hija.

—¡Vaya, vaya! —dijo la mujer—, está claro que no soy la única a la que le falta un tornillo, pero... ¡qué demonios!, a estas alturas soy capaz de creerme cualquier cosa. Aunque, si le pudiste cambiar la cara la primera vez, ¿puede saberse quién te ayudó a hacerlo?

—Sintiéndolo mucho —continuó el genio—, ésa es una información que todavía no te puedo dar, ya que no tengo ni idea de quién es esa persona.

—¡Ya! —dijo ella—, no sé por qué me esperaba esa clase de respuesta; viniendo de alguien como tú, supongo que es lo más normal. Y me imagino que, aunque insista, no me lo vas a decir, ¿verdad?

—Pues no —dijo él—, qué le vamos a hacer.

—Bueno —dijo ella—, pues nada, el sábado iré a ver al que dices tú que es mi marido. Supongo que, hasta que no recupere su rostro, en su DNI figurará con otro nombre y otros apellidos diferentes a los de mi marido, ¿verdad?

—Me temo que así es —le contestó nuestro amigo—, ya que, al haberle cambiado yo solo la cara y sin ayuda, lo más probable es que su DNI haya cambiado de nuevo y ponga cualquier nombre. Si no te importa, no te voy a entretener más, ya que tengo cosas que hacer. Voy a ver si resuelvo lo de los cuatro elementos.

—¡Espera un momento! —dijo ella—. A lo mejor lo de los cuatro elementos se refiere a mi marido, mi hija, yo y, por supuesto, tú. Juntos somos cuatro elementos y estamos muy relacionados. ¿Quizás estando juntos tú serías capaz de obrar el milagro de la trasformación de su rostro?

—Ahora que lo planteas —dijo el genio—, a lo mejor la cosa va por ahí. Podríamos intentarlo este sábado.

—¡Genial! —dijo ella—. Entonces, no se hable más: el próximo sábado quedamos en la unidad de quemados, en la habitación de mi marido a las 13.00 horas. Si te parece bien a ti...

—De acuerdo —le contestó—, a ver si el sábado resolvemos de una vez este embrollo. Allí estaré.

—Pues allí te espero sin falta —dijo ella.

—Hasta entonces —dijo el genio para terminar. Dio tres vueltas sobre sí mismo y desapareció. ¡Flop!

Pasaron algunos días y la rica mujer se dirigió al lugar de su mansión en el que estaba trabajando el hombre de la cara cambiada. Cuando llego a su lado, le dijo:

—Bueno, amigo mio, creo que ya han pasado suficientes días como para que separemos a tu amigo del genio de la llama.

—Si usted cree que es conveniente, yo estoy preparado y, tal y como acordamos, también he traído el anillo vinculante de mi genio, por si acaso hiciera falta.

—Muy bien —dijo ella—, aquí tengo la lámpara, así que manos a la obra. Empezaré a frotarla y, cuando salgan los dos genios, tú controlarás al tuyo y yo al mío, ya que es muy probable que nuestro amigo se haya contagiado del mal humor del genio de la llama. Los separaremos, de tal forma que tú harás que el tuyo entre en esta lámpara y yo al mío lo haré regresar a la suya, ¿de acuerdo?

—De acuerdo —dijo él—, cuando usted quiera.

—¡Vamos allá! —contestó ella. Comenzó a frotar la lámpara y, al cabo de un minuto, empezó a salir una llama por la boca de la lámpara que acabó por adoptar la forma del genio llameante.

—¿Quién osa perturbar mi sueño? —dijo el genio, un tanto enojado.

—¡Nadie que te pueda importar! —contestó la rica mujer—. ¿Qué has hecho con el genio del aire?

—¿Con ese inútil? —contestó el genio, dándose cuenta de su posición de ventaja, ya que él sabía que no estaba con él dentro de la lámpara, algo que ellos ignoraban.

—Yo no le he hecho nada —contestó el llameante genio—, lo que pasa es que vuestro amigo se ha quedado dormido ahí dentro. Por lo visto, el calor de mis llamas le produce sueño.

—¡Ya! —dijo ella—, será mejor que le hagas salir, si no, te lo voy a hacer pasar mal — Entonces apuntó al genio con el anillo del fuego.

—Bueno, tranquilícese —dijo el genio—, tampoco hay que ponerse así. Yo me quedaré dentro de la lámpara y obligaré a su amigo a salir, si a usted le parece bien.

—Por una vez estamos de acuerdo —dijo la mujer.

—Pues allá voy.

Se introdujo dentro de la lámpara y, a los pocos minutos, volvió a salir. Pero el astuto genio había cambiado su aspecto totalmente, adoptando la forma y la voz del genio del aire. Entonces comenzó a bostezar y a estirarse, para hacer creer a sus supuestos amigos que despertaba de un profundo sueño.

Cuando ya se despejó del todo, el hombre y la rica mujer se fijaron en que en algunas partes de su cuerpo había algunas lenguas de fuego. Entonces le preguntaron:

—¿Qué es eso?

—¡Ah!, eso… —dijo él—, por lo visto después de haber estado tanto tiempo con ese llameante genio me ha quedado algo de rastro en mi delicada piel.

—Está bien —dijo la mujer—, en ese caso será mejor que mi amigo el conserje te haga entrar en esa otra lámpara para que se te bajen los humos, no sea que ese genio canalla te haya contagiado más de la cuenta y puedas volverte contra nosotros.

Entonces el hombre le apuntó con el anillo del aire, al tiempo que decía:

—¡Samsalazam!

En ese momento, el astuto genio se introdujo en la otra lámpara, haciéndoles creer que había sido sometido.

—Bueno —dijo la mujer—, ahora está todo en orden por fin. Dentro de unos días le haremos salir a tu amigo e intentaremos resolver este lío. Además, ahora que tu mujer ha venido a trabajar con nosotros, creo que todo resultará más fácil.

—Ojalá tenga razón —dijo el hombre suspirando.

—Ojalá —dijo ella.

Llegó el sábado y la madre de Esmeralda aprovechó que tenía fiesta para ir con su hija al hospital, a ver si terminaba de aclarar de una vez por todas el misterio de su marido. Durante los días que estuvo en la mansión había guardado silencio al respecto, tal y como le había aconsejado el genio.

Al llegar al hospital, se dirigió al puesto de 'Información' para preguntar si habían ingresado a alguien por quemaduras en la fecha que le había señalado el genio. Le explicaron que habían ingresado a un hombre joven con quemaduras en el pecho y en la cara y que, por lo visto, se lo había hecho en un accidente. "Habitación trece", le dijeron en 'Información' para terminar.

La mujer se dirigió hacia allí, un tanto preocupada debido a la coincidencia.

—Mami —dijo la pequeña Esmeralda—, no te pongas así, seguro que no es para tanto. Además, si mi amigo te ha dicho que él es papá, debemos estar contentas de que al final volvemos a estar todos juntos.

—Tienes razón —dijo la madre—, hay que mirar el lado positivo. ¡Vamos a ver a papá por fin!

Llamaron a la puerta de la habitación y, como nadie les contestaba, decidieron entrar para asegurarse de si había alguien allí.

Al entrar, vieron que había una persona que estaba vendada de cintura para arriba, echada en la única cama de la habitación. Al parecer, no podía articular palabra debido a los vendajes que justamente le dejaban una pequeña abertura en la boca y agujeros en la nariz y los ojos.

La mujer, al verlo, se fijó en que sus ojos eran azules, igual que los de su marido. Y también comprobó que lo poco que se podía ver de sus cabellos también se correspondía con el color rubio que él tenía. El hombre, al verlas entrar en su habitación, hizo un amago para levantarse tratando de hacerles ver que se habían confundido de cuarto. Pero, al estar tan entubado, le resultó imposible. La mujer, al apreciar ese gesto, le dijo:

—Tranquilo, no te muevas, ahora debes descansar y ponerte bien. Nosotras también nos alegramos de verte.

El pobre hombre no daba crédito a aquella escena pero, como no podía hacer nada, lo dejó estar. Entonces sonó el reloj de la habitación, dando las 13.00 horas, y llamaron a la puerta.

—Debe de ser nuestro amigo —dijo la niña. Se abrió la puerta y resultó ser la enfermera que traía la comida, que principalmente era líquida y venía acompañada de unas pajitas para poder ser sorbida por el paciente.

—¿Son ustedes familia? —preguntó la enfermera.

—Sí —dijo la madre—, nosotras le daremos de comer.

—De acuerdo —contestó la enfermera, al tiempo que se marchaba.

Le dieron de comer en unos veinte minutos, al cabo de los cuales las dos estaban con la mosca detrás de la oreja ya que no había ni rastro de su amigo el genio.

En ese momento escucharon un sonido, como si alguien estuviera dando golpes en el cristal de la ventana. Corrieron las cortinas y, para su sorpresa, resultó ser un enorme cuervo que agitaba sus alas como si quisiera que le abriesen la ventana.

Madre e hija se miraron con cara de pasmadas y, sin pensárselo dos veces, la pequeña se lanzó hacia la ventana para abrirla. El enorme pájaro entró en la habitación y, para sorpresa de todos, comenzó a hablar:

—Vuestro amigo —dijo—, ese vaporoso genio, está en peligro. Por eso no ha acudido a la cita.

—¿Cómo que está en peligro? —dijo la mujer, un tanto sobresaltada.

—Vosotras no lo sabéis —dijo el cuervo—, o tal vez sí, pero hay un genio de la llama que anda por ahí suelto, chamuscando todo lo que encuentra a su paso. Y, como la última vez vuestro genio amigo se le escapó, ahora lo tiene entre la espada y la pared en el claustro de La Esperanza. Es necesario que avises sin falta a la dueña de la mansión en la que tú trabajas. Además, hoy el claustro está cerrado al público, por lo que tendrás que advertir a tu jefa para que avise al encargado de ese patio de los jardines.

—Bueno, me tengo que marchar —Salió volando por la ventana.

La mujer, al ver aquella escena, pasó de la incredulidad a la credulidad y pensó: "Ahora entiendo lo de las quemaduras de mi marido".

Abrió su bolso para sacar el teléfono móvil y llamó a su jefa para ponerla al corriente de la situación. Colgó el teléfono y, al coger a su hija, le dijo al hombre de la cama que no se preocupara y que regresarían en cuanto les fuera posible.

El hombre, que estaba alucinado por todo aquello, hizo un gesto de afirmación con la cabeza y se despidió de ellas saludándolas con la mano, totalmente fuera de sí.

Madre e hija salieron en dirección al patio, con el ánimo de encontrarse allí con su jefa.

Cuando llegaron al claustro se encontraron con la rica mujer y con el encargado de aquel patio, pero se sorprendieron al ver que allí no había ni rastro de ninguno de los dos genios.

—¡Será posible! —dijo el encargado—, me parece que ese cuervo nos la ha jugado bien a los cuatro y eso que lo tengo bien adiestrado, aunque a veces se vuelve loco y hace de las suyas.

—¡Pues vaya! —se quejaron las mujeres.

—Desde luego —dijo la rica mujer—, a mí me parecía un poco extraño, ya que el otro día pusimos a los dos genios a buen recaudo.

—¿Que los pusieron a buen recaudo? —preguntó la madre de Esmeralda, llena de curiosidad—. ¿Usted y quién más?

—Pues yo y...

En ese momento en que iba a contestarle sonó el ruido de una extraña explosión.

Todos se miraron, tratando de averiguar de dónde venía el sonido. Al momento, vieron una columna de humo negro que salía del pozo situado en el centro del claustro. Escucharon la voz de su amigo el genio, que venía del interior del pozo:

—¡Será posible! ¿Quién se cree que es ese genio llameante? ¡Ni que yo fuera imbécil! No he tenido más remedio que apagar los malos humos a ese canalla.

Nuestro genio salió del pozo mirando hacia el interior del mismo, sin darse cuenta de que a sus espaldas se encontraban aquellas personas, alucinadas por lo extraño de la situación.

Cuando se dio la vuelta y vio aquel gentío, exclamó:

—¡Qué susto! Por un momento pensé que ese canalla se había recuperado y volvía a plantarme cara, pero ya veo que no.

El encargado le dijo:

—Ya veo que, a pesar de ser un genio primerizo, te las apañas bastante bien frente a las dificultades.

—Desde luego que sí —dijo la rica mujer—, me imagino que en este momento el genio de la llama está apagado en el fondo del pozo, ¿no?

—Así es —dijo el genio—, en este momento está durmiendo y bien apagado.

—No sé como se las habrá apañado para escapar —continuó la rica mujer—, pero voy a ponerlo a buen recaudo antes de que se despierte —Se acercó a la boca del pozo y, apuntando con su anillo hacia su interior, añadió en voz baja—: ¡Samsalabin!

Y comenzó a salir del pozo una especie de neblina anaranjada, que se fue introduciendo poco a poco por la boca de la lámpara que la mujer portaba entre sus manos.

Esmeralda y su madre no perdían detalle de todo lo que estaba sucediendo y, un tanto alucinada, le dijo la madre a su amigo genio:

—Ahora entiendo por qué no acudiste a la cita en el hospital con mi marido, se ve que estabas bastante ocupado.

—¿A la cita con tu marido en el hospital? —preguntó la rica mujer—. O sea, que el genio te ha contado todo sobre tu marido y ahora ya sabes que era él quien trabajaba en mi casa. Y, por cierto, ¿es que acaso has pensado en la cirugía como solución para recuperar su rostro?

—No, desde luego que no —contestó la mujer—, pero al pobre, dada su situación y después de lo que le pasó con ese genio llameante, seguro que algo de cirugía le tendrán que hacer en la cara. ¡Pobrecito!

—¿Cómo que le pasó algo con el genio de la llama? —dijo la rica mujer—. El otro día le di unos días de fiesta porque me dijo que tenía cosas que hacer y después de eso yo tuve que salir de viaje para un asunto importante, pero no imaginaba que a mi regreso me encontraría con esta situación.

—¡Pues ya ve! —dijo el encargado—, los caminos de la vida son misteriosos. Sólo les deseo que todo se resuelva del mejor modo posible. Y ahora, si me disculpan, tengo cosas que hacer.

El encargado se marchó y las mujeres salieron de aquel patio, no sin antes establecer una cita con nuestro genio en la habitación del hombre chamuscado.

El desengaño

Esmeralda y su madre fueron a dar un paseo por los jardines de la ciudad a la mañana siguiente, ya que ese día no se podían hacer visitas en la Unidad de Quemados del hospital. La mujer se sentó en un banco, intentando aclarar sus ideas mientras su hija jugaba en los columpios. El hombre que trabajaba con ella y que decía ser el hermano del jardinero se sentó en el mismo banco.

—¿Te molesta si me siento? —preguntó.

La mujer, al verlo, frunció el ceño y le preguntó:

—¿Se puede saber por qué me mentiste? ¡El conserje no tiene ningún hermano!

—Bueno —dijo él—, tampoco te mentí del todo, él tenía un hermano gemelo.

—¡Ya! —contestó ella, enojada—, pero yo a ti no te veo ningún parecido con él y tampoco estás muerto, así que me engañaste.

—Las cosas no siempre son lo que parecen —dijo él, tratando de quitar hierro al asunto.

—¡Desde luego! —respondió ella—, pero afortunadamente ya sé dónde se encuentra él y sé lo mal que lo está pasando y no pienso abandonarlo.

—¡Ah!, ¿no? —dijo él, poniendo cara de sorpresa.

—¡No! —contestó ella con un tono de voz malhumorado, al tiempo que se levantaba del banco y llamaba a su hija—. Y ahora, si me disculpas, me tengo que ir.

Aquel pobre hombre puso cara de no entender nada mientras decía:

—¡Pero será posible!, ¿qué mosca le ha picado?

Al día siguiente era la cita con el genio en la habitación del hombre chamuscado. Las tres mujeres se encontraban en la puerta de la habitación 13, dispuestas a entrar para terminar de una vez con todo aquel lío. Llamaron y, como nadie contestaba, decidieron entrar, pero resultó que allí no había nadie.

—¿Dónde está? —se preguntaron las tres.

En ese instante, el genio comenzó a materializarse en medio de la habitación. Una vez que nuestro amigo se mostró del todo tangible, las mujeres aprovecharon para preguntarle si él sabía algo sobre el paradero de aquel hombre quemado. Nuestro amigo se encogió de hombros, ya que a él también le extrañó la desaparición de aquel hombre.

La rica mujer aprovechó para preguntarle por cómo había escapado de la lámpara y qué estaba haciendo en el claustro de La Esperanza el otro día.

El genio, tras aclarar el asunto de la lámpara en que él quedó prisionero, le dijo que, tras ser liberado por la madre de la pequeña, se fue al claustro con el ánimo de resolver el enigma del reloj de sol. Pero que el genio de la llama le había tendido una trampa.

Ella le comentó que aquel reloj fue construido por su padre y que, si él quería, ella estaría encantada de ayudarle a resolver aquel enigma, aunque primero tendría que encontrar al conserje desaparecido.

El genio les dijo que él esperaría un rato en la habitación y que, si no iba ninguna de ellas a buscarlo, sería señal de que el hombre no estaba en el hospital, por lo que él se marcharía de allí. Si después se enteraba de su paradero, las avisaría.

Mientras, ellas fueron a la ventanilla de 'Información' para preguntar por el hombre desaparecido, pero la mujer de la ventanilla les dijo que la esposa del hombre chamuscado había venido a buscarlo para llevárselo a una clínica de pago, ya que, por lo visto, era una mujer bastante adinerada y quería asegurarse de que fuese bien atendido.

Las mujeres, al enterarse de aquella noticia, se quedaron en blanco, como si aquel rompecabezas no terminara de resolverse, lo que les hizo pasar de la ilusión a la desesperación. La dueña de la mansión le dijo a su amiga y empleada:

—No te preocupes cariño, seguro que todo tiene una explicación, me voy a enterar de quién es esa mujer y vamos a saber qué es lo que ha pasado.

—Eso espero —contestó la mujer, un tanto desconsolada, mientras la pequeña Esmeralda soltaba algunas lágrimas que recorrieron su bello rostro.

Regresaron a la mansión y, curiosamente, allí no había ido a trabajar ese día el supuesto hermano del conserje, lo que extrañó a la madre de la pequeña. Sin embargo, como el día anterior se había enfadado con él, pensó que ése era el motivo de su ausencia y no dijo nada.

A la rica mujer no le extrañó, ya que ella pensaba que el hombre chamuscado que había desaparecido del hospital era él, por lo que tampoco dijo nada al respecto.

El genio buscó y rebuscó hasta que se echó la noche sobre la ciudad y la gente desapareció de las calles. Agotado por la búsqueda, aprovechó para descansar en la plaza, donde tuvo su primer encuentro con aquel pobre hombre. Estaba flotando sobre uno de los bancos, con los ojos cerrados como tratando de conectar mentalmente con su amigo desaparecido. En ese momento, alguien se sentó a su lado al tiempo que, con voz de borracho, le decía:

—Hoy no es mi santo pero, aunque lo fuera, no voy a volver a caer en el viejo truco del santo de las joyas que te concede los deseos que nunca llegan a cumplirse. ¡Hip!

El genio abrió los ojos y se quedó estupefacto al ver que aquel hombre era su amigo desaparecido… y que su cara y su cuerpo no presentaban el más mínimo rastro de haber tenido quemadura alguna.

—¡Eres tú! —dijo, alegrándose de haberlo encontrado.

—¡Sí, soy yo! —le contestó el hombre—. ¿O a lo mejor no soy yo? ¡Hip!, ¡qué más da! A nadie le importa, ni siquiera a mi mujer ni a mi hija. El otro día pasaron de mí de manera olímpica. ¡Yo ya no quiero saber nada de este asunto!

Y se echó sobre el banco tapándose con una manta, tras lo que se quedó dormido.

—¡Pero, será posible! —dijo el genio—. Ahora sí que no entiendo nada.

En ese momento, comenzaron a chispear algunos copos de nieve sobre su cabeza. El genio escuchó una voz que le era muy familiar, pero con un tono algo distinto y que venía de la rama de un árbol:

—Desde luego, esta vez sí que la has liado buena.

Se giró para mirar y descubrió que se trataba del pájaro multicolor, sólo que esta vez casi todas sus plumas eran de color blanco, ya que las plumas de colores estaban algo desteñidas.

El genio le preguntó:

—Y a ti, ¿puede saberse qué es lo que te ha pasado?

—Nada —dijo el ave—, sencillamente que el invierno se está acercando.

—Claro —dijo el genio—, ¿y eso qué tiene que ver con tus plumas?

—Ya veo —continuó el ave—, que todavía hay cosas que se te siguen escapando. ¿De qué color es la nieve?

—Blanca —dijo el genio.

—¡Pues eso! —dijo el pájaro—, ¡como yo! Pero todo a su tiempo, ya lo entenderás, ahora tenemos bastante trabajo con deshacer este lío que tú solito has armado.

—Ahora entiendo —dijo el genio—, es porque estás loco… ¡de dar tantas vueltas dentro de la lavadora! Ja, ja, ja.

—Aún te quedan ganas de bromear —continuó el ave—. Pues ten cuidado de no gastar muchas bromas a tu amigo, porque lleva tu anillo vinculante que, por cierto, ¿se puede saber cuándo lo perdiste?

—Pues… yo creo que el día que aparecí en la cárcel, en su celda, a través de la taza del váter —dijo el genio.

—¿A través de la taza del váter? —preguntó el ave—. ¡Qué asco! Desde luego, además de incompetente, ¡mira que eres guarro! Ahora sólo nos falta que tu amigo, además de estar borracho, se coja una pulmonía o algo peor aquí en la calle, con lo que está nevando y con el frío que hace. Tendrás que intentar tele transportarlo a la mansión de la rica mujer, ya que me imagino que habrá abandonado la habitación que tenía alquilada. Lo malo es que, al llevar el anillo vinculante y encima estar borracho y dormido, es muy posible que aparezcáis en otro lugar relacionado con su mente subconsciente. Pero no te queda mas remedio que arriesgarte.

—¡Madre mía! —dijo el genio—. Y tú, ¿cómo sabes todas esas cosas…? Olvida la pregunta, ya sé lo que me vas a contestar. Bueno, pues nada, ¡allá vamos!

Hizo un chasquido con los dedos, se agarró a su amigo y ambos desaparecieron en medio de una nube. ¡Flop!

A los pocos segundos, nuestros amigos viajeros aparecieron en un sitio oscuro y bastante estrecho, ya que el genio sentía que su compañero de viaje se encontraba encima de él y había poco espacio de maniobra como para quitárselo de encima.

Después de forcejear un rato con aquel peso muerto, consiguió escurrirse hacia la parte de arriba, estirándose, lo cual hizo que se abriese la tapa del baúl en el cual se hallaban metidos.

—¡Caramba! —exclamó el genio—, ¡hay que ver lo que pesa este hombre!

Se hallaban en los sótanos de la mansión de aquella rica mujer. Apenas se podía ver, ya que la única luz que llegaba hasta ellos procedía de una de las ventanas que dejaba entrever la luna, que llegaba débilmente de vez en cuando entre las nubes que la tenían prisionera.

El genio se fijó en que había algo dentro de aquel baúl que brillaba al reflejo de la luz de la luna. Se acercó y vio que se trataba de la lámpara del genio del fuego, ya que la decoración de la misma era idéntica a las marcas del claustro que correspondían a ese mismo elemento.

—¡Vaya! —dijo el genio—, mira en lo que estaba pensando mi amigo. ¿Guardará alguna relación con su cura definitiva…? Lo que está claro es que, si no nos arriesgamos, nunca lo sabremos. Y, después de mi último encuentro con ese llameante genio, me imagino que se le habrán bajado bastante los malos humos. Bueno, ¡que sea lo que Dios quiera!

Cogió una de las manos de su durmiente amigo y comenzó a frotarla contra aquella lámpara del fuego.

Frotó y frotó y, al cabo de unos minutos, comenzó a salir por la boca de aquel recipiente mágico una neblina de color anaranjado que, a los pocos segundos, termino adoptando la forma del genio de la llama. Pero esta vez había algo distinto en él.

Nuestro genio, al verlo ya formado del todo, le dijo:

—Me da la sensación de que no eres el mismo.

—No, desde luego —le contestó—, se ve que la tormenta solar ya ha pasado.

Nuestro genio, con cara de sorpresa, le preguntó:

—¿Tormenta solar… y eso qué tiene que ver?

—Resulta —dijo el llameante genio— que todos estos últimos días ha debido de haber una tormenta solar. O sea, que nuestro astro rey ha debido de estar más activo de lo normal, y eso hace que mi carácter se torne mucho más agresivo, lo cual hace que yo me encuentre totalmente fuera de mí. Pero parece que, afortunadamente, la tormenta ya ha pasado y, gracias al chapuzón que me diste en nuestro ultimo encuentro, mis malos humos se han apagado del todo.

—Pues menos mal, me consuela saber que estás bien, ya que mi intención no era hacerte daño si no, más bien, hacerte entrar en razón. Y hablando de entrar en razón, aquí tengo a mi amigo que, en este momento, está fuera de sí por toda esta situación, a tal punto que se ha cogido una buena borrachera. Tenemos que despertarlo y hacerle comprender.

—¿Comprender sobre qué? —preguntó el genio de la llama.

Nuestro amigo le explicó el asunto con todo lujo de detalles a su colega llameante. Cuando terminó su discurso, su compañero tomó la palabra.

—Desde luego, no se puede negar que seas un especialista en torbellinos. ¡Vamos, que la has liado bien! Pero quiero que te quede claro que yo no tuve nada que ver con lo del hospital, ya que al final no me enfrenté con tu amigo. No te ofendas, porque yo también soy especialista en otra clase de embrollos más, por así decirlo… ¡llameantes! Vamos, que prendo la llama de las pasiones humanas desatando tormentas emocionales.

—¡Vaya! —dijo el genio del aire, poniendo cara de sorpresa—, entonces no entiendo muy bien quién es el hombre del hospital. Así que no soy el único que, de vez en cuando, la lía. ¡Pues es un consuelo saberlo!

—Más que un consuelo —continuó su anaranjado compañero—, es nuestro caballo de batalla y nuestro punto de inflexión para crecer y evolucionar. Es, entre otras cosas, la razón de nuestra existencia. Nuestra salvación o nuestra perdición.

—Bueno —dijo nuestro genio—, ya veremos cómo acaba todo esto pero, de momento, aquí tenemos a este pobre hombre metido en este baúl, como si fuera una marioneta con los hilos caídos.

—Tú lo has dicho —le contestó su colega—, debemos mover los hilos adecuados si queremos que esto acabe bien.

—Pues tú dirás lo que hacemos…

—Mira —dijo el genio de la llama—, tú le abres la boca y yo me meto dentro de él. Entonces enciendo mis llamas para quemar todo el alcohol que lleva en el cuerpo y, antes de que se despierte, vuelvo a salir por su boca para que entres tú en acción.

—¿De qué manera? —le preguntó.

—Le metes un buen soplido y con eso se despierta del todo. Luego ya es cuestión de dialéctica para que entre en razón.

—De acuerdo —dijo—, prepárate que le abro la boca.

—¡Allá voy! —exclamó su anaranjado amigo.

Conforme el pobre hombre respiraba profundamente, entre ronquido y ronquido, el genio se metió dentro de su embriagado cuerpo. Al cabo de unos segundos, la piel de aquel hombre comenzó a brillar con un tono que, más que anaranjado, era colorado. El genio del aire empezó a preocuparse al ver aquel tono colorado en la piel. Pensó que, si le soplaba, haría bajar aquella especie de quemazón, ya que creía que a su llameante amigo se le había ido un poco la mano. Tomó una bocanada de aire y comenzó a soplar de manera intempestiva, a tal punto que, en ese momento, el hombre despertó de manera repentina.

Salió del baúl y se puso de pie y, al ver a su amigo genio, le dijo:

—¡Tú!

Nuestro vaporoso genio se dio cuenta de que aquel hombre tenía los ojos rojos como un diablo y pensó que su colega llameante le había engañado con una astuta jugarreta. Pero, en ese mismo instante, el hombre cayó al suelo desmayado por el shock. Y el genio de la llama salió por su boca.

Cuando terminó de formarse, dijo:

—Desde luego que tu amigo se había cogido una buena borrachera, porque me ha costado un rato quemar todo el alcohol de sus venas.

—¿Un rato? —le contestó nuestro amigo—. ¡Pero si parece un cangrejo, está más rojo que un tomate! ¡Vamos, que lo has dejado chamuscado!

—¿Y qué esperabas? —le contestó—. ¡El fuego quema!

—Ya lo creo que quema —continuó nuestro genio—. ¡¿A ver cómo arreglas esto?!

El hombre comenzó a recobrar el conocimiento, mientras decía:

—¡Ay, ay! ¡Mi cabeza!

Los dos genios se miraron mutuamente, poniendo cara de circunstancia. El hombre dijo:

—¡Veo doble! Pero, qué raro, con un ojo veo naranja y con el otro blanco. ¿Me habré vuelto daltónico? ¡Y cómo me escuece la piel!

—Eso es lo que tienen los accidentes con el fuego —dijo nuestro airoso genio.

—¿Con el fuego? —dijo el hombre, poniendo cara de sorpresa.

En ese instante, se encendió la luz de aquella estancia y, al ver que era la dueña de la mansión, los dos genios se esfumaron.

—¡¿Quién anda ahí?! —preguntó la mujer.

El hombre, al verla, dijo:

—Tranquilícese, soy yo.

—¡Eres tú! —dijo ella llena de alegría—. Pero, ¿dónde te habías metido? En el hospital nos dijeron que había ido tu mujer a buscarte. ¿Cómo vas a estar casado con dos mujeres a la vez? Y, por cierto, ya veo que te han quitado las vendas, pero todavía tienes la piel quemada. ¡Anda! Ven conmigo para que te de una pomada. ¡La alegría que le va a dar a tu mujer! Haz el favor de explicarme ese lío de tu otra mujer.

Tras apagar la luz y salir de aquella estancia cerrando la puerta, los dos genios aprovecharon para salir de su escondite.

El genio de la llama dijo:

—Bien, parece que todo está arreglado, aunque se me ha ido un poco la mano con el fuego, al final ha sido para mejor, ¿no? Ya que tu amigo así da la impresión de estar quemado, tal y como tú me contaste.

—Eso espero —dijo nuestro genio—, aunque no me ha quedado muy claro a qué se refería con eso de la otra mujer.

—No te preocupes —le dijo su compañero—, seguro que no tiene ninguna importancia, habrá sido alguna confusión.

Nuestro genio preguntó a su colega:

—¿Pero tú crees que no se dará cuenta su mujer de que tiene la cara cambiada?

—Yo no me preocuparía —le contestó—. Además, con el calor de mis llamas seguro que su cara mejorará.

—¿Quieres decir que le volverá a cambiar el rostro? —preguntó nuestro genio, un tanto alarmado.

—¡Sí, claro! —le contestó—. ¿No creerás que tras esas llamaradas se iba a quedar como si tal cosa?

—Bueno —continuó nuestro amigo—, espero que no le importe mucho, al menos hasta su cambio definitivo. Por cierto, ¿tú no sabrás qué significa eso de la conjunción de los cuatro elementos, verdad?

—Pues creo que tiene que ver algo con el reloj de sol que encargué construir a mi anterior dueño. No estoy muy seguro, ya que a mí esa orden me la dio mi Dios patrocinador: Helios.

—¿Helios? —dijo el genio—. El mío es Eolo. Creo que ya voy entendiendo ese lío de las letras de ese reloj pero, de todas formas, tengo que hablar con la dueña de la mansión, ya que ella se ofreció a explicarme en qué consiste todo este lío del dichoso reloj.

—De todas formas —dijo el genio de la llama—, creo que el encargado del patio donde se encuentra el reloj de sol tiene en su haber una lámpara que le trajo un hombre hace muchos años de tierras lejanas y, en su interior, vive prisionero otro genio como nosotros.

—¡Ah!, ¿sí? —contestó muy sorprendido nuestro vaporoso amigo—, tal vez sea él quien nos descubra de una vez en qué consiste eso de la misteriosa conjunción.

—Tal vez —dijo su llameante compañero—, pero yo no podré ayudarte, ya que mi tiempo es limitado. Cuando tuve ocasión de conceder tres deseos a mi anterior dueño tan solo le concedí uno, debido a las circunstancias del momento y, como consecuencia de no haber cumplido mi misión, debo seguir prisionero de mi lámpara hasta que llegue mi tiempo: 'El tiempo de Helios'. Mientras tanto, mi lámpara me llama a regresar a ella de manera inevitable, así que, sintiéndolo mucho, te tengo que dejar.

—Yo también lo siento —dijo nuestro amigo—, ha sido un placer conocerte.

—Lo mismo digo —añadió el genio de la llama, mientras se iba desvaneciendo para regresar poco a poco a su prisión terrenal.

—¡Vaya! —dijo nuestro genio—, si fracaso ya sé lo que me espera. Y con el lío que he armado no sé cómo voy a arreglar este embrollo. Será mejor que vaya a ver cómo se encuentra mi amigo chamuscado.

Hizo un chasquido con los dedos y desapareció. ¡Flop!

Mientras tanto, la rica mujer y su amigo quemado conversaban en el salón de la mansión sobre los últimos acontecimientos. De como ella había ido al hospital con su esposa e hija y del posterior disgusto tras su desaparición.

El hombre dijo.

—Ahora entiendo lo que le pasó a mi mujer y por qué me rechazó. Además, al tener la cara cambiada, toda la cercanía que había conseguido hacia ella se esfumó de golpe, ya que creyó que le había mentido con lo de mi hermano. Y, además, pensó que yo era otra persona y, si ella sabía algo sobre mi hermano, sólo podía ser porque el genio se lo había contado.

—¡Ahí quería llegar yo! —exclamó el genio, al tiempo que se materializaba en el salón.

La mujer y el hombre le miraron sorprendidos por la repentina aparición.

—¡Tú otra vez! —dijo el hombre, un tanto desesperado.

—Tranquilízate —le dijo la rica mujer—, sólo si todos tenemos buena voluntad conseguiremos que esto llegue a buen puerto.

—Eso espero —dijo el hombre, un poco más calmado.

—Y tú, ¿por qué no le explicas a nuestro amigo cómo conseguiste escapar de la lámpara en la que él te metió? O, al menos, así él lo creyó —le dijo la mujer al genio recién llegado.

—Bueno —dijo el genio—, pues resulta que el día en que fuimos a sacar al genio de la llama entre los dos, cuando estábamos en medio de la pelea, no sé cómo desaparecí para ir a parar a una lechera de la cocina, aunque supongo que será porque perdí mi anillo vinculante en la celda de la prisión. Y doy por hecho que tú lo encontraste e hiciste uso de él sin saber muy bien lo que hacías... y, claro, poco después tu mujer me hizo salir de aquella lechera mientras la calentaba al calor de las llamas de la cocina.

—¡Ah, sí! —dijo el hombre—, el famoso anillo vinculante, yo me lo encontré junto a la letrina de mi cuarto de la prisión a medianoche, cuando me levanté para hacer mis necesidades. Como me gustó, me lo puse en el dedo y después, con tanto lío, ya ni me acordaba de él.

—¡Ya! —dijo la rica mujer—, ¿y cómo se os ocurrió sacar al genio de la llama con el peligro que eso conlleva?

—Pues supongo que sería por la desesperación —dijo el hombre—. Cuando uno está en una situación extrema, es capaz de agarrarse a un hierro ardiendo.

—¡Nunca mejor dicho! —afirmó la mujer para terminar.

—De todas formas, ahora lo que importa es que seamos capaces de convencer a tu mujer de quién eres en realidad —dijo el genio.

En ese momento la cara del hombre empezó a cambiar de aspecto y de forma.

—Pero, ¿qué pasa ahora? —preguntó el hombre desesperado, llevándose las manos a la cara mientras la rica mujer le miraba sorprendida.

—¡Eso es cosa del genio de la llama! —dijo nuestro vaporoso amigo—. Y lo del cuerpo quemado, también.

—¿Del genio de la llama? —preguntó la rica mujer, mientras señalaba con el dedo a nuestro genio—. No sé por qué me da que esto tiene algo más que ver contigo.

—Bueno —dijo el genio—, ¡yo sólo quería ayudar!

—¿Ayudar? —replicó la mujer—, me parece que la mejor forma que tienes tú de ayudar es estando quietecito. Será mejor que lo encierres con tu anillo vinculante —le dijo al hombre—. Antes de que vuelva a hacer de las suyas.

—Sí —confirmó el hombre—, eso será lo mejor. ¡Samsalazam!

El genio exclamó, mientras se esfumaba:

—¡Esperen un momento!

Y no le dio tiempo a decir más. ¡Flop!

—¿Dónde lo has enviado? —preguntó la mujer.

—Con su amiguito llameante —le contestó—. A ver si se quema un poco y prueba de su propia medicina, porque a mí ya me tiene harto con tanto cambio de cara.

—Me parece muy bien —dijo la mujer—, a ver si así espabila. Más vale que esté a buen recaudo, antes de que te suceda algo parecido a lo que le sucedió a mi padre.

—Será mejor que pensemos en qué vamos a hacer para convencer a tu mujer de quién eres tú en realidad.

El milagroso cambio de cara

La vidente se preparaba el desayuno a la mañana siguiente. se disponía a encender el gas de la cocina con una cerilla. Tomó la cerilla y, al frotarla contra la raspa de la caja en el momento en que se encendía el gas, salió nuestro vaporoso amigo de entre las llamas, creciendo de forma y tamaño, mientras decía:

—¡Ay, ay, cómo quema esta llama!

—Curiosa combinación, gas y fuego —dijo la mujer—; o, mejor, ¿debería decir aire y fuego?

—¡Ah!, es usted —dijo el genio—, menos mal, pensé que no iba a poder salir nunca de esa lámpara del genio de la llama. ¡Vaya chicharrina!

—Desde luego —dijo la mujer—, no sé si sabes que no es bueno jugar con fuego… Porque te puedes quemar y eso que tú sólo llevas unas horas en compañía de tu llameante amigo.

—Sí, claro —dijo el genio—, sólo unas horas, ahora entiendo cómo debe de sentirse el pobre conserje con todo su cuerpo quemado.

—¡Pues sí! —afirmó la mujer—, cuando haces algo debes pensar primero en las consecuencias, ya sabes: "Prever antes de hacer".

—Tiene usted razón —reconoció el genio—, con tanto lío casi se me había olvidado el consejo de Eolo. Y, además, como la última vez que miré su placa, en vez de letras había unas extrañas marcas… pues se me fue el santo al cielo. Por cierto, la rica mujer me dijo que eran números, ¿no sabrá usted a qué clase de números se refería, verdad?

—Seguramente —dijo la mujer—, a los de tu iniciación, entre otras cosas.

—¿Mi iniciación? —preguntó el genio, extrañado.

—Sí —dijo ella—, aunque con el lío que has armado no sé muy bien en qué acabará todo esto.

—Sí, claro —dijo el genio—, está todo tan liado que ahora no sé por dónde empezar.

—No te preocupes —dijo la misteriosa mujer—, te voy a dar un pequeño empujoncito.

Lo cogió del cuello y, al tiempo que abría el grifo del agua, lo metió dentro de la fregadera.

—¿Pero qué es lo que hace? —dijo el genio, sorprendido, mientras se iba por el desagüe—. ¡Aaahhh!

Eran las diez de la mañana cuando María, la mujer del conserje, llamaba al timbre de la puerta de la mansión para entrar a su puesto de trabajo. En ese momento y de manera inusual, la rica mujer salió a recibirla.

—¿Es usted? —dijo la recién llegada un poco extrañada.

—Sí, soy yo —le contestó con una enorme sonrisa.

—Buenos días —se dijeron, felices, las dos.

Luego, la rica mujer añadió:

—Te tengo preparada una sorpresa.

—¡Ah!, ¿sí? ¡Pues qué bien! Usted dirá.

—Ven conmigo, cariño —le contestó.

Se dirigieron juntas hacia el jardín de la mansión. Al llegar, vieron al conserje que hacía trabajos en el jardín, pero se encontraba de espaldas a ellas dos.

La rica mujer dijo:

—Es tu amigo el conserje, que ha vuelto del hospital.

—¿Que ha vuelto del hospital? —dijo un tanto extrañada.

En ese momento se dio la vuelta y resultó que tenía su verdadera cara. La del principio, cuando se fue de su casa el día que abandonó el hogar de su mujer y de su pequeña Esmeralda, aunque todavía tenía la piel bastante roja por la quemazón de las llamas.

Su mujer, al verlo, casi se desmayó por la impresión, mientras decía:

—¡Eres tú!

Por lo visto, el trabajo del genio de la llama había dado mejores resultados de lo que se esperaba.

En ese momento de honda emoción, el hombre cogió a su mujer entre sus brazos, antes de que se cayera al suelo por la súbita impresión, mientras decía:

—¡Sí, María, soy yo!

Ella, al verlo tan cerca, le dio un sentido beso mientras lo abrazaba. La rica mujer sonrió llena de satisfacción.

Salieron juntos del jardín, acompañados por su anfitriona en dirección al salón de la casa, dispuestos a tomar una copa de champán para celebrarlo.

Cuando llegaron al salón, se sentaron en torno a una mesa para brindar. María le preguntó:

—¿Pero cómo es posible? Nos dijeron que te había ido a buscar tu mujer al hospital para llevarte a su casa. ¿Qué mujer es esa?

El hombre, que no estaba dispuesto a perderla de nuevo, le dijo:

—¡No hay ninguna mujer! Ni siquiera he estado en el hospital, toda esta confusión ha sido por culpa de ese genio. Lo único que importa ahora es que estamos aquí, juntos de nuevo. ¡Eso es lo importante!

La rica mujer le repitió esas mismas palabras, tratando de reafirmar lo que él había dicho:

—¡Hay que tener mucho cuidado con esos genios, no son de fiar!

El hombre comenzó a sentir un picor insoportable por todo su cuerpo y, especialmente, en su cara. Empezó a rascarse de un modo poco usual, como si estuviera poseído por el diablo. Su esposa, al verlo de esa manera, se asustó echándose para atrás al igual que la rica mujer. El hombre se llevó las manos a la cara, ya que el picor se convirtió en dolor; entonces exclamó:

—¡¿Qué es lo que me pasa?!

Las dos mujeres no le quitaban el ojo de encima y el hombre soltó un grito de desesperación:

—¡Aaahhh!

Repentinamente, el dolor cesó y el hombre apartó las manos de su más que castigado rostro. Las dos mujeres, al verlo, pasaron de la expectación a la incredulidad. Su rostro volvió a tomar la forma del supuesto hermano del conserje, el mismo que ella había rechazado el otro día cuando estaban en los jardines.

—¡Será posible! —exclamó su mujer—. ¿Qué broma es ésta?

La rica mujer, al ver la reacción de la esposa de su amigo, le dijo:

—¡No es ninguna broma, nosotros estamos tan sorprendidos como tú! Esto, sin duda, ha sido obra de ese endiablado genio de la llama. Hace muchos años a mi padre le pasó algo parecido cuando se dejó embaucar por ese canalla.

—¡Genial! —dijo ella—. ¡Ya no me faltaba nada más que esto! Ya no sé en qué creer. Primero nos abandonó, luego estaba muerto y, después de enterrarlo, ¡esto!

—Tranquilízate —le dijo la rica mujer—, todo al final acabará bien, sólo debes tener Fe y no perder la Esperanza.

—¡Esperanza! —le contestó—. ¿Igual que esas botellas de leche que le traen de no sé qué montañas? ¡Me parece que a este paso yo también me voy a ir a vivir a la montaña porque, si no, acabaré volviéndome loca!

Cuando dijo esto, se levantó de la silla y se puso a caminar en dirección a la puerta del salón. La rica mujer y el transfigurado marido se levantaron, tratando de disuadirla, pero ella estaba decidida a marcharse.

—¡María —dijo su desesperado marido—, no te vayas, ten paciencia, todo volverá a ser como antes!

Pero ella, haciendo oídos sordos, se marchó.

El hombre, desesperado, se dirigió a la dueña de la mansión:

—¿Y ahora qué podemos hacer?

La mujer, poniendo cara de pícara, le dijo:

—¡Todavía no está todo perdido, aún nos queda una alternativa para recuperar a tu esposa!

—Pues usted dirá —le dijo aquel pobre hombre, al tiempo que sollozaba y se sentaba agotado mientras las lagrimas recorrían su atormentado rostro.

El genio del agua

El encargado del patio de la esperanza estaba a las doce del mediodía en uno de los cuartos del local de su trabajo, calentando agua en una tetera especial que tenía puesta al fuego, en un hornillo de gas. Comenzó a salir un espeso vapor por la boca de la tetera que, poco a poco, fue adoptando la forma de un genio. Cuando terminó de formarse, el hombre le dijo:

—Te he llamado porque tengo un trabajo para ti, aunque sé que todavía no es tu tiempo espero no molestarte demasiado.

El genio terminó de despertarse, mientras se estiraba y bostezaba.

—No se preocupe —le contestó—, siempre es un placer trabajar con seres humanos, ya que me sirve para aprender de sus emociones, puesto que un genio como yo vive por y para las emociones. Usted dirá en qué puedo ayudarle.

—Precisamente se trata de un asunto emocional de vital importancia —dijo el encargado—. En realidad, es un favor para una amiga. Debes ir a buscar a una mujer que trabaja para ella y que se encuentra muy afectada emocionalmente. ¡Eso sí, debes de ser lo más discreto posible, en ningún momento debe saber que tú estas con ella!

—Seré muy discreto —le contestó—, no se preocupe, usted deme la dirección de esa mujer y yo haré el resto.

María, la madre de Esmeralda, estaba en su casa agobiada, dándole vueltas a los recientes acontecimientos. Entonces, decidió darse un baño para relajarse y encontrar algo de paz interior. Abrió los grifos de la bañera y comenzó a salir agua caliente. El genio del agua, que se encontraba allí espiando y viendo lo propicio de la situación, decidió actuar a través de su elemento: comenzó a salir por la boca del grifo, formando el agua de aquella bañera.

Como no podía ser de otra manera, nuestro vaporoso amigo también hizo acto de presencia, pero en forma de vapor de agua, ya que eso era lo más adecuado para un genio del aire.

La mujer se introdujo en la bañera, dispuesta a relajarse hasta que llegase su hija Esmeralda. Una vez dentro del agua, cerró los ojos y una gran paz comenzó a llenar su interior. A todo esto, nuestro genio terminó de materializarse frente al espejo del baño, ajeno a la presencia de la mujer que estaba a sus espaldas.

El genio se miró en el espejo y se dio cuenta de que todo su cuerpo estaba lleno de pelos. Esto, unido al vapor de agua de la estancia, le hizo sentir mucho calor. Se dio cuenta de que su rostro era el de un león.

Agobiado por la situación, comenzó a resoplar para quitarse algo de calor pero, repentinamente, se fijó en que su imagen había cambiado, adoptando la cara del dios Eolo.

Aturdido por la confusión, empezó a sentir que le dolía la cabeza y se dio cuenta de que le habían salido dos cuernos y que su rostro era el de un toro.

Ya estaba a punto de darle un ataque cuando se fijó en que su cara había vuelto a cambiar tomando el aspecto de un pez.

Escuchó gemir a la mujer que estaba a su espalda y, al darse la vuelta, vio que ella comenzaba a abrir los ojos, por lo que el cuerpo del genio terminó adoptando la forma de un pez y se zambulló dentro de la bañera.

La mujer empezó a sentir un cosquilleo debido al aleteo del genio convertido en pez. Giró la cabeza para mirar dentro de la bañera y se dio cuenta de que había cuatro peces en el agua. Uno era blanco, otro rojo, otro amarillo y otro verde.

La mujer se encontraba tan relajada debido al trabajo del genio del agua que apenas se inmutó y, de hecho, le hizo tanta gracia que dejó escapar una pequeña carcajada, como si estuviera medio borracha.

Los peces de colores se juntaron debajo del agua y, como consecuencia de esa fusión, apareció el ave multicolor buceando.

La mujer, que no perdía detalle de todo aquello, vio que el pájaro levantaba el vuelo saliendo del agua y, mientras lo miraba, éste revoloteo sobre su cabeza y, al momento, voló en dirección a la ventana del baño, atravesándola como un ave fantasmal.

La bañera se vació de golpe, ya que el agua que la había llenado formaba parte del cuerpo de aquel acuático genio, que se había ido volando por la ventana.

El pez blanco, que se había quedado solitario dentro de la bañera, flotó en el aire, cara a cara frente a la mujer desnuda y, dada la extraña situación, nuestro genio en forma de pez exclamó:

—¡Jo, qué corte!

La mujer, que estaba embriagada, puso los labios como para dar un beso al apurado pez y éste, tratando de salir del apuro y sin saber cómo comportarse, hizo lo mismo, ya que también se sentía aturdido por todo aquello.

Justo en el instante en que se producía el beso, el pez fue absorbido por la boca de la mujer.

Pasados unos minutos, la mujer salió de la bañera para prepararse ya que su hija estaba a punto de llegar.

Cuando terminó de vestirse se miró en el espejo del baño para arreglarse. Pero, cuál fue su sorpresa al ver que su rostro había cambiado y que era incapaz de reconocerse en la imagen allí reflejada.

Tan grande fue la impresión que se llevó, que le hizo salir definitivamente de aquel estado de embriaguez en el que había estado sumida. Desesperada, volvió a mirarse, pero la imagen de aquel espejo seguía reflejando la misma cara desconocida. Se dirigió a la habitación para mirarse en el espejo del armario, pero el resultado fue el mismo.

Cogió un espejo de mano que tenía dentro de un cajón, pero el reflejo no cambiaba por más que ella lo miraba. Escuchó el ruido de las llaves que abrían la puerta de la casa.

Desesperada, optó por echarse encima de la cama y taparse la cabeza con una almohada en el instante en que la pequeña Esmeralda entraba en la habitación de su madre.

—Mami, ¿estás en casa? —preguntó.

La mujer no sabía qué decir a su pequeña, por miedo a que se asustara.

—Sí cariño —le contestó—, hace un rato que estoy en casa.

La niña, extrañada por aquello, le preguntó:

—¿Estás bien, qué te pasa, te duele la cabeza?

—No, mi Amor —le contestó—, tienes la comida en la cocina, vete comiendo y yo enseguida voy contigo.

—Vale, mami —le respondió, y se fue hacia la cocina.

Entonces, la mujer volvió a mirarse en el espejo con la esperanza de que aquello hubiese sido sólo un raro sueño, pero su imagen seguía siendo igual de extraña.

Ya no sabía lo que hacer. Así que, con la idea de que su hija no se asustara demasiado, decidió ir a la cocina.

Entró y se sentó en una silla. Su hija la miro y le dijo:

—¿Te ha pasado algo, mami, estás bien? —Y acto seguido le dio un beso en la mejilla, como si tal cosa y sin inmutarse.

La mujer, sorprendida por la reacción de su hija, le dijo:

—¿Pero no me notas nada distinto?

La niña, mientras comía, le dijo:

—¡Sí, mami, que estás más guapa…!, ¿qué tal en el trabajo?

La mujer no daba crédito a la reacción de su hija y, como no quería alarmarla, le contestó:

—Muy bien cariño, he pasado una mañana bastante normal.

La pequeña le preguntó también:

—¿Te ha dicho algo tu jefa de si se ha enterado de dónde está papá?

—No, mi Amor —le contestó—, todavía no se sabe nada.

—Bueno —dijo la niña—, pues a ver si aparece pronto, que tengo muchas ganas de verle.

La madre, algo más calmada, le dijo:

—Ale, mi Amor, comemos, echamos la siesta y luego nos damos un paseo, ¿vale?

—De acuerdo —le contestó la pequeña.

Después de comer ambas se fueron a la siesta, cada una a su habitación.

La madre se quedó dormida enseguida debido a la fatiga emocional que arrastraba. Comenzó a soñar y se vio volando sobre una montaña que se hallaba en una isla en medio del océano. Poco a poco, fue descendiendo hasta que se posó sobre la arena de una playa de aquella isla. Se puso a caminar recreándose con cada bello detalle de aquel hermoso paraje: las palmeras, las gaviotas, las aves tropicales y las flores… y hasta el fluir de una cascada cercana. Todo era hermoso. Pensó en qué bello sería pasar allí el resto de su vida, lejos del bullicio y del ajetreo de la ciudad. En ese momento descubrió que había una cueva cercana.

Penetró en su interior a pesar de la reinante oscuridad que había en ella, pero se fijó en que, un poco más adentro, podía verse una tenue luz que venía de una antorcha de la pared. La cogió y se dio cuenta de que las paredes de aquella caverna estaban hechas de espejo y que reflejaban su imagen.

Se acercó para mirarse la cara más de cerca, para ver si le había cambiado y, para su sorpresa, aquellos espejos reflejaban su verdadero rostro, lo cual le produjo una gran alegría. Después se fijó en que, de entre la penumbra del fondo de la cueva, se iban acercando hacia su posición dos personas muy queridas para ella. Su adorada hija, Esmeralda, y su querido marido, Pedro Juan.

Cuando llegaron hasta donde ella se encontraba, ambos la miraron pasando de largo, como si ella fuera para ellos una completa desconocida. Por más que se esforzó en llamar su atención, ellos la seguían ignorando, haciendo caso omiso de todas sus desesperadas señales.

Ella comenzó a resoplar con una respiración agitada y, justo en ese instante, nuestro genio salió por la boca de aquella mujer que dormía sobre la cama de su habitación. Entonces, adoptó la forma del muñeco de su hija, quedándose junto a la cama, sobre la mesilla de noche.

La mujer despertó repentinamente, un tanto sobresaltada por la extraña pesadilla. Abrió los ojos y, al ver aquel muñeco sobre la mesilla de noche, suspiró comprendiendo el significado de aquella onírica experiencia. Había comprendido lo mal que debía de sentirse su desesperado marido teniendo la cara cambiada y viendo la indiferencia que ella le había mostrado, sintiéndose rechazado.

Cogió aquel muñeco y, dedicándole la mejor de sus sonrisas, le dio las gracias por toda la ayuda prestada. El muñeco le devolvió la sonrisa, al tiempo que señalaba con el dedo hacia la puerta de la habitación. La mujer miró hacia allí y se dio cuenta de que su hija la miraba dedicándole otra bella sonrisa. Las dos se abrazaron, al tiempo que la mujer se miraba en un espejo de la habitación y veía felizmente que su cara volvía a ser la de siempre.

—¡Mira —dijo la pequeña—: el muñeco!

—Sí —dijo su madre—, afortunadamente ha vuelto a casa y, lo que es más importante, tu amiguito me ha ayudado a abrir los ojos.

Entre tanto, el genio del agua había regresado a su lugar de origen, junto al encargado del claustro. Éste le preguntó por el éxito de su misión y el genio, poniendo cara de circunstancia, le contestó:

—Yo creo que lo he hecho bastante bien, pero ese genio del aire ha estado a punto de arruinar todo mi trabajo. Apareció en el momento menos oportuno, cuando ya había conseguido relajar a esa mujer, hasta un punto en el que la podía haber hecho regresar con su marido. Al final, me tuve que marchar para no ser descubierto. ¡No me extraña que ese genio cargue con el apelativo de incompetente!

—Bueno —dijo el hombre—, confiemos en que ahora la mujer tenga otra disposición y esté más abierta y receptiva.

—Eso espero —dijo el genio—. Yo, por mi parte, le tengo que dejar, como usted ya sabe mi tiempo es limitado.

—Lo sé —afirmó el hombre— y siento de verás que en su día no hubieses conseguido cumplir tu misión concediendo tres deseos a tu anterior dueño. Tal vez la próxima vez tengas más suerte...

—Tal vez, quién sabe —dijo el genio conforme regresaba a su prisión terrenal.

El mono sabio

Llegó la noche y esmeralda y su madre se fueron a la cama.

una vez dormidas, nuestro genio, que se hallaba sobre la mesilla de noche de la pequeña, decidió abandonar la forma de muñeco para dirigirse hacia el claustro de los jardines y continuar así con sus investigaciones. Porque, a pesar de haber conseguido que la madre de la pequeña tuviese otra disposición con relación al asunto de su marido; a pesar de que ésta hubiese dicho a su hija donde se hallaba realmente y en qué condiciones; a pesar de haber prometido ir a verlo al día siguiente con el ánimo de volver junto a él; a pesar de todo esto, el deseo de su marido de recuperar su verdadero rostro seguía sin cumplirse y nuestro genio necesitaba desvelar el misterio del reloj de sol para estar preparado en el momento en que llegase la conjunción de los cuatro elementos.

Así que nuestro amigo giró tres veces sobre sí mismo y despareció de aquella habitación. ¡Flop!

Durante el proceso de la tele-transportación tuvo un encuentro con uno de los seres alados, que de vez en cuando hacían acto de presencia en el momento menos esperado. Así, mientras estaba con los ojos cerrados, sintió que alguien le cogía y lo llevaba en otra dirección.

Al cabo de unos segundos, nuestro amigo tomó tierra de un modo repentino y poco usual, ya que su boca estaba abierta en el momento del aterrizaje, que precisamente fue de morros y contra el suelo, lo cual hizo que tomase tierra... literalmente, tragando un buen puñado de tierra.

Mientras abría los ojos, balbuceó:

—¡Puaj, qué asco, pero será posible!

Cuando escupió la tierra tragada, miró a su alrededor extrañado, ya que no se encontraba en el claustro.

—¿Dónde estoy? —se preguntó.

Estaba en una ciudadela empedrada, rodeado de pirámides y en medio de la selva.

Comenzó a escudriñar cada detalle de aquel lugar. Miró la pared de uno de aquellos templos y observó unas marcas parecidas a las del reloj de sol: en lugar de ser barras verticales sobre rayas horizontales, aquello eran puntos sobre rayas horizontales.

—¡Qué interesante! —dijo—, se parecen mucho a las marcas del reloj de sol... pero, si son números tal y como dijo la dueña de la mansión, ¿cómo sabré con qué números se corresponden?

En ese momento, escuchó una voz que le decía:

—¡Con los números mayas!

Se giró y vio que quien le hablaba era ni más ni menos que un mono de la selva. Nuestro genio se quedó pasmado ante aquella aparición de un mono parlante.

El mono, dándose cuenta de la reacción de su interlocutor, le dijo:

—¿Qué pasa, es que no has oído hablar de la telepatía?

Nuestro sorprendido amigo se dio cuenta de que aquel mono le había hablado sin articular ni una sola palabra. El genio, aprovechando la ocasión que le brindaba aquel misterioso mono, le dijo:

—De acuerdo, son números mayas… Pero, ¿cómo se sabe con cuál se corresponde cada uno?

El mono vio que aquel genio estaba preparado para recibir esa información porque su reacción había sido la correcta, así que le contestó:

—Cada punto es un número, es decir, un punto es un uno, dos puntos es un dos, y así hasta cuatro. A partir del quinto punto que no existe, lo que se ve es una raya horizontal, que equivale al número cinco. Para seguir adelante sería una raya horizontal y un punto sobre ésta, en el medio de la misma, lo cual sería el número seis. Así hasta un máximo de tres rayas horizontales y cuatro puntos sobre las mismas que se correspondería con el diecinueve. Y para lo que tú buscas sería suficiente… eso sí, has de cambiar los puntos que hay sobre las rayas que aquí aparecen por rayas verticales en tu reloj de sol, siendo cada raya vertical una unidad hasta un máximo de cuatro rayas.

—¡Pues muchas gracias! —dijo el genio—. Pero, ¿tú cómo sabes todo esto?

El mono, sonriendo, le contestó:

—Resulta que yo vivo aquí y hay un grupo de investigadores de la cultura maya que vienen por estas ruinas casi todos los días. Y como suelen hablar en voz alta, yo, que soy curioso por naturaleza, me entero de todo lo que dicen.

—¡Ya! —afirmó el genio—, ¿y cómo se explica eso de la telepatía?

—Eso —dijo el mono—, es algo innato a todos los seres, lo que pasa es que a muchos de ellos se les ha olvidado y no recuerdan que, en el fondo, todos estamos conectados.

—¡Claro —dijo nuestro amigo—, conexión!

—Eso es —confirmó su peludo acompañante—. Si la gente recordara su verdadera conexión, no habría tantas guerras y disputas en este mundo, todos recordaríamos que estamos conectados entre nosotros y, a la vez, conectados a la fuente de nuestro origen, pero para eso es necesario un poco de paz interior y ser capaz de escuchar la voz del corazón.

—¡Sí, desde luego! —dijo el genio—. Tienes toda la razón, cuando uno está conectado todo funciona mejor. Y hablando de conexión, tengo que regresar con las personas con las que ahora estoy más conectado, para completar mi misión, así que, sintiéndolo mucho, te tengo que dejar.

—Bueno —dijo el mono—, ha sido un placer conocerte.

—Igualmente —dijo el genio. Dio tres revoluciones sobre sí mismo y desapareció. ¡Flop!

A los pocos segundos, reapareció en el claustro de La Esperanza, con la intención de desvelar los nombres de los dioses regentes de las gárgolas del toro y del pez, ya que sabía que el del aire era Eolo y el del león o del fuego era Helios.

Basándose en el conocimiento de esos dos nombres y en el significado numérico de las marcas que había debajo de las gárgolas, dedujo que los números se referían al orden en que debían ser leídas las letras del reloj de sol, para deducir los nombres correspondientes de las deidades allí escritas. Teniendo en cuenta que la sombra del sol va de izquierda a derecha, en el supuesto de que hubiese una varilla para marcar las horas en aquel reloj sin sombra, dedujo que los nombres que faltaban eran: Neptuno bajo la gárgola del pez y Demeter bajo la del toro.

—¡Qué interesante! —se dijo—. Esos deben ser los nombres de los dioses greco-romanos de los cuatro elementos. Pero, ¿qué relación tendrá con la conjunción?

En ese instante, escuchó una voz dulce que le decía:

—Como tú bien sabes, todo está relacionado, todo tiene conexión.

Se giró para ver quién le hablaba, pero no había nadie.

—¿Cómo es posible? —se preguntó.

Escuchó de nuevo la voz que le decía:

—Soy tu voz interior, la que guía tus pasos, soy la Estrella que te ilumina, soy tu sol interno.

El genio se quedó callado, tratando de no perder la conexión con su interior; cerró los ojos, bajó el ritmo de su respiración, tratando de ponerse en un estado de meditación.

Así estuvo durante un largo periodo de tiempo, al cabo del cual abrió los ojos e hizo una respiración profunda para volver a un estado más normal. En ese instante se dio cuenta de que tenía compañía. Era el genio alado del Viento del Oeste, con su bello rostro y su larga melena pelirroja. El genio se fijó en que la melena de aquel ser peinaba algunas canas blanquecinas, lo cual le extrañó bastante, ya que se supone que estos seres son inmortales y las canas sin duda eran un signo de envejecimiento.

El genio alado, al darse cuenta de lo que el genio le estaba observando, le dijo:

—Te extrañas de las canas que aparecen en mi melena, ¿verdad?

Nuestro amigo le contestó:

—¡Claro! No imaginaba que eso pudiera pasaros a vosotros.

—No te alarmes —le contestó—, tan sólo es una señal de que el invierno cada vez está más cerca; es como el color de la nieve, pero sólo eso. Pronto partiré, cuando la última hoja de las hojas de este árbol que ves aquí haya caído, yo ya me habré marchado. Por cierto, ya veo que tu misión va bastante bien, pese a las dificultades con las que te has encontrado.

—Sí, desde luego —dijo el genio—, no ha sido nada fácil. Aunque, gracias a ellas, he aprendido mucho y eso me ha servido para madurar.

—Eso está bien —dijo su alado acompañante— pero, como tú bien sabes, sólo podrás hacer uso total de tu poder a partir de la conjunción de los cuatro elementos que, por cierto, ya veo que tus investigaciones al respecto han avanzado bastante.

—Sí —afirmó el genio—, pero todavía no estoy muy seguro de qué es esa conjunción.

—Paciencia —le dijo—, todo llegará. Mientras tanto, limítate a hacer tu trabajo como hasta ahora.

Y al decir estas últimas palabras, desapareció.

—¡Vaya! —dijo el genio—, no sé por qué me imaginaba que no me iba a decir nada de la conjunción. En fin… seguiré adelante como hasta ahora.

Estaba amaneciendo y nuestro genio se acordó de la promesa que había hecho a la madre de

Esmeralda, de ir a ver a la mansión a su transfigurado marido, con el animo de volver con él, a pesar de que todavía no había recuperado su verdadero rostro. Entonces pensó: "Voy para allá a ver si puedo ayudar en algo". Hizo su famoso torbellino y desapareció.

El pueblo de las montañas

Eran las diez de la mañana cuando maría, la madre de esmeralda, tocaba el timbre de la puerta de la mansión. la rica mujer salió a recibirla y, al verla, le dedicó la mejor de sus sonrisas:

—¡has vuelto! —le dijo entusiasmada.

—sí —dijo ella—, vengo decidida a volver con mi marido a pesar de todo el lío que ha habido estos últimos días y a pesar de que su rostro sea diferente. Sé que en el fondo sigue siendo el mismo y que me sigue queriendo, tanto como yo le quiero a él.

—Me parece muy bien —le contestó—, pero has de saber que tu marido está de viaje en estos momentos.

—¿De viaje? —preguntó sorprendida.

—Sí, cariño —continuó la rica mujer—, después de toda la confusión que se armó ayer y de la manera en que tú te fuiste de aquí, tu marido se encontraba muy mal y muy desolado, así que le propuse un viaje al pueblo de las montañas en el que elaboran esa rica leche que traen a mi casa: "La leche Esperanza". Allí el paisaje es precioso en estas fechas, ya que todo está lleno de hojas otoñales que se entremezclan con las primeras nieves y las casas son muy bonitas. Y, como vi tan mal a tu marido, le recomendé ese viaje, ya que allí sin duda encontraría algo de paz interior.

—¡Claro! —dijo María—, pues me alegro mucho por él ya que, después de lo que pasó ayer, no me extraña que haya tomado esa decisión. Yo en su lugar habría hecho lo mismo.

—¡Y todavía puedes hacerlo! —le contestó la rica mujer, sonriendo—. ¿Por qué no te tomas unas vacaciones y te vas a verlo con tu encantadora hija? Seguro que él estará encantado y, de paso, le dais una sorpresa.

—Sí, claro —le contestó—, ¿y a usted no le importa?

—¿A mí? —preguntó la rica mujer—, estoy segura de que no tendré ningún problema porque los dos faltéis unos días. Además, cosas como ésta son las que de verdad hacen que la vida valga la pena. Para mí es un regalo poder veros felices y contentos. Luego ya habrá tiempo para el trabajo; por ahora lo más importante sois vosotros. Así que ya puedes ir a buscar a tu hija para ir juntas en el autobús que os llevará hasta el hotel en que se aloja tu marido. Por supuesto, los gastos corren de mi cuenta. Creo que hace tiempo que os merecéis unas buenas vacaciones, ya que lleváis sufriendo mucho tiempo.

—¡Pues no sabe usted cómo se lo agradezco! —le contestó.

Mientras tanto, nuestro genio no perdía detalle de la conversación, escondido detrás de un árbol.

—¡Qué interesante! —dijo—. Volvemos a mi lugar de origen.

Al mismo tiempo, las dos mujeres se despidieron dándose un sentido abrazo.

El genio decidió adelantarse en el viaje a María y a su querida hija Esmeralda. Pensó que así podría advertir a su amigo de la llegada de su mujer y su hija a aquel bello lugar.

Así que se tele-transportó hasta aquel bonito pueblo de las montañas.

Como conocía perfectamente el lugar, apareció directamente en la habitación del hotel en que se hospedaba su amigo. En ese momento, sonaba el teléfono de la habitación, pero su amigo estaba dormido sobre la cama con evidentes signos de embriaguez, ajeno al ruido de aquel teléfono.

El genio cayó en la cuenta de que quien llamaba sería seguramente la dueña de la mansión, para avisarle de la llegada de su mujer y así evitar el shock emocional en aquel hombre que estaba dormido como un tronco sobre aquella cama.

Nuestro amigo pensó: "¿Qué puedo hacer? El autobús llegará después de comer y, teniendo en cuenta que mi compañero se acaba de acostar… para cuando llegue su mujer él seguirá dormido y con una resaca de caballo".

Trató de hacerlo espabilar dándole cachetes en la cara, pero no reaccionaba. Cogió un vaso de agua y se lo echó por encima. Entonces el hombre comenzó a dar signos de empezar a despertarse. Abrió los ojos y, al ver que quien le acompañaba era el genio, reaccionó por un instante de manera impulsiva. Se sentó en la cama y, más dormido que despierto, le dijo al genio:

—¡Te voy a meter en una botella para que dejes de molestarme!

Le apuntó con el dedo anular, lo cual pilló al genio por sorpresa. Trató de hacer entrar en razón a su amigo, antes de que éste dijera las mágicas palabras, puesto que, además, con semejante borrachera podía enviarlo al sitio más indeseable del mundo.

Pero para nuestro amigo ya era tarde. El hombre pronunció la palabra mágica:

—¡Samsalazam!

Sorprendido, el genio vio que no pasaba nada.

El hombre dijo entre risas:

—¡Qué demonios! Ya no me acordaba de que tiré ese endiablado anillo por la taza del váter. Je, je, je.

Y, después de decir esto, volvió a tumbarse en la cama para seguir roncando.

El genio suspiró aliviado y pensó: "¿En la taza del váter, será casualidad?".

Se dirigió hacia el baño para ver si, con un poco de suerte, conseguía recuperar su preciado tesoro.

Por fortuna para nuestro amigo, el hombre había tenido mala puntería debido a la borrachera, ya que el anillo se encontraba justamente al lado de la taza, en el suelo. El genio se agachó para cogerlo y, al volver a ponérselo, sintió un extraño escalofrío por todo su cuerpo.

Extrañado por aquella sensación, se miró en el espejo:

—¡Ahí va Dios, qué susto! —dijo sobresaltado.

Se había convertido en el vivo reflejo de su durmiente amigo, a tal punto que se dio cuenta de que volvía a tener piernas. Entonces dijo:

—Pero, ¿cómo es posible?, ¿será la consecuencia de que el hombre llevase puesto el anillo durante tanto tiempo? Si no, ¿qué explicación puede tener? ¡Bueno!, en cualquier caso tendré que aprovechar esta circunstancia para ayudar a mi amigo, si es que de verdad quiere salvar su matrimonio.

Dicho y hecho, entró de nuevo en el dormitorio y pensó que lo mejor sería llevarlo a otra habitación que estuviese vacía. Para ello, llamó a recepción y preguntó por la disponibilidad de otra habitación para su amigo.

—Sí, cómo no… —le dijeron—, la trescientos quince está libre.

—Muchas gracias —contestó.

Entonces, el genio hizo un chasquido con los dedos y se agarró a su compañero de habitación. Pero allí no paso nada.

—¡Será posible! —exclamó—. No me fastidies que voy a tener que cargar con él hasta esa habitación.

Bajó a recepción a por la llave y, acto seguido, regresó a la habitación para cargar con su amigo. Pero, para su sorpresa, éste ya no estaba allí.

—¡Ay, ay, ay! —dijo—. ¡La que se va a armar!

Pensó: "¿Dónde se habrá metido? ¡Ya lo tengo! Seguro que está en el bar".

Bajó hasta la planta baja y, efectivamente, allí se encontraba. ¿Cómo haría para que no se asustase al verlo?

Sin pensarlo dos veces, se acercó al hombre por la espalda y, dándole una palmadita en el hombro, le dijo:

—¡Hombre, Pedro Juan, cuánto tiempo sin verte!

El hombre se dio la vuelta y, al ver su vivo reflejo, dijo:

—Pero, ¿cómo es posible?, ¿quién eres tú?

El genio, aprovechando la sorpresa y la borrachera que tenía, le contestó:

—¡Soy tu hermano gemelo y he venido a advertirte de que tu mujer y tu hija vienen hacia aquí!

—¿Cómo que vienen hacia aquí? —preguntó sorprendido—, pero eso no es posible. Ese estúpido genio lo ha echado todo a perder.

—Pues parece ser —le contestó— que ese estúpido genio no es tan inútil como tú crees y, al final, se las ha arreglado para hacer cambiar de opinión a tu mujer y a tu hija. El problema es que dentro de poco estarán aquí y tú no estás en las mejores condiciones para recibirlas. Así que será mejor que lo dejes todo en mis manos.

El hombre estaba tan borracho que ni siquiera se paró a pensar en lo absurdo de esa propuesta de que las recibiera su propio hermano. Así que le preguntó:

—¿Y qué quieres que haga?

—Sube a la habitación 315 y haz todo lo posible por volver a tu estado normal. Quítate de una vez por todas esa borrachera que no te deja vivir. Yo me encargo del resto, ya te avisaré en el momento que considere más oportuno —dijo el genio.

—De acuerdo —le contestó el hombre, respirando profundamente—, allí te estaré esperando.

Entonces subió a la habitación pero, antes, cogió una botella de vino creyendo que no era observado por su acompañante. El genio, que se dio cuenta de aquel feo detalle, pensó: "¡Qué desastre!".

Acto seguido, se puso a discurrir en cómo podría solucionar esa delicada situación en que se encontraba metido de lleno. En ese momento comenzó a sentir una rayada en el estomago que le hizo retorcerse de dolor y salió corriendo en dirección al baño de aquel bar, como alma que lleva el diablo.

Entró en la cabina y se sentó en la taza del váter, dispuesto a descargar Dios sabe qué…

Después de un rato de forcejeo intestinal y de estar diciéndose "¡Desde luego, hay que ver lo que le cuesta salir!", se levantó aliviado para mirar su primera, por así decirlo, deposición terrenal.

Miró dentro de la taza y enmudeció. Se trataba de una especie de duende que le miraba con los ojos abiertos de par en par mientras esgrimía una picaresca sonrisa en su cara de pillastre.

—¡Pero bueno! —dijo el genio—. ¡No me faltaba más que esto para complicar aún más las cosas!

El duende, al verle sorprendido, dijo:

—¡Hola, es un placer conocerte! Llevaba un rato tratando de salir, pero no ha habido manera de hacerlo desde que te pusiste el anillo. No sé cómo he venido a parar aquí.

El genio, poniendo cara de pícaro, dijo:

—¡Pues me vas a acompañar un momento para que te presente a un amigo al que quiero que alecciones sobre los usos y abusos del alcohol!

Lo cogió de la mano y se lo llevó hasta la habitación de su amigo. Llamó a la puerta y el hombre le abrió, con cara de borracho y con la botella de vino en la mano.

El genio, al ver que aquel hombre seguía en sus trece, le dijo:

—¡Aquí te dejo a este amiguito, que te va a ayudar un rato con el tema del alcohol!

El hombre, al ver al duende, dijo medio de burla:

—¿Qué pasa, es que quieres que me haga cargo de tu hijo? —Y comenzó a reírse.

—No —dijo el genio—, me parece que es él el que va a cuidar de ti durante un rato, hasta que se te quite esa costumbre de emborracharte cada vez que se te complican las cosas.

Y, diciendo esto, cerró la puerta de la habitación.

Entre tanto, Esmeralda y su madre iban en el autobús, admirando el paisaje de aquellas hermosas montañas. Las dos estaban embelesadas por aquel paraje, lleno de árboles que mostraban tonos pardos de diferentes colores, entre marrones y rojos. Otros árboles se mostraban casi pelados, como signo de la proximidad del invierno y, en algunas partes de aquellas montañas, había restos nieve.

Cuando llegaron al pueblo, se quedaron sorprendidas por la belleza de las casas, ya que eran de lo más pintoresco. Éstas mostraban puertas y ventanas de madera, así como algunas vigas del mismo material que sobresalían de las fachadas. También les llamó la atención la gran variedad de flores otoñales que se desbordaban de los maceteros que había en casi todas partes. A los pocos minutos llegaron al hotel en el que iban a alojarse, que era el mismo en el que estaba Pedro Juan.

Curiosamente, a la entrada del mismo había un cartel publicitario que llamó la atención de las dos y que decía:

Leche Esperanza, la mejor para el corazón

Bajo las letras podía verse el dibujo de un hombre ordeñando una cabra. Esto les sorprendió aún más, ya que ambas esperaban que fuera leche de vaca. La madre, esgrimiendo una sonrisa, dijo:

—¡No me extraña nada que ese genio esté como una cabra!

Ambas se echaron a reír.

Llegaron a la recepción del hotel y preguntaron por la habitación en que se alojaba su marido. Al ver que se trataba de una habitación sencilla, pidieron una con cama de matrimonio más cama supletoria.

El recepcionista les preguntó si querían dar aviso a su marido, pero le contestaron que preferían hacerlo ellas y así, de paso, darle una sorpresa.

Se dirigieron hacia el ascensor para ir a la habitación de su amado. En ese momento, se abrieron las puertas del ascensor y el genio que bajaba a recepción vio que ambas mujeres se encaminaban hacia su posición. De manera instintiva se dio media vuelta y pulsó el botón de subida, antes de que llegasen a la puerta.

Las dos se miraron y dijeron:

—¡Era él!, ¿verdad?

El genio, aturdido por su inesperada reacción, pensó: "Pero, ¿qué estoy haciendo? Será mejor que baje y me deje de tonterías". Pulsó el botón de la planta baja pero, en ese instante se abrió la puerta en el piso al que había llegado, donde se encontró de narices con el hombre, que con su misma apariencia se disponía a bajar a recepción .

Sorprendido, le preguntó:

—Pero, ¿tú qué haces aquí?

El hombre le contestó, con tono serio y lleno de sobriedad:

—¡Voy a ver a mi mujer y a mi hija y te recomiendo que no te entrometas!

Al parecer, el duende había hecho bien su trabajo. Aquel hombre no tenía nada que ver con el que él había dejado en aquella habitación.

—¿Pero no te das cuenta de que somos iguales? Si nos ven juntos van a pensar que pasa algo raro —le advirtió el genio, preocupado.

—¿Y te parece poco raro lo que me ha pasado hasta ahora? —le respondió el hombre, al tiempo que se miraba al espejo del ascensor tratando de hablar con su imagen.

El genio pensó: "¡Qué desastre, esto es peor de lo que imaginaba, ni siquiera se ha percatado de mi presencia, no quiero ni pensar en lo que va a pasar cuando se abra la puerta del ascensor!".

La puerta se abrió y el genio, tratando de disimular, se puso de espaldas. El hombre salió mientras nuestro amigo miraba por el rabillo del ojo y se daba cuenta de que allí no estaban las dos mujeres. Habían cogido otro ascensor.

Suspiró aliviado por haberse librado, aunque fuese momentáneamente, de tan embarazosa situación. Pulsó el botón de la planta a la que se suponía habían subido la madre y la hija, con el ánimo de recibirlas y pensar sobre la marcha qué podía hacer en tan apurada situación, ya que no se fiaba del todo del aparente cambio de su abducido amigo.

El ascensor llegó hasta la planta indicada y él salió en busca de las dos nuevas inquilinas del hotel. Para ello fue hasta la habitación y, al ver que no estaban en la puerta, decidió entrar para ver si se encontraban dentro. Vio que no había nadie y, cuando se disponía a salir, escuchó una voz que le decía:

—Todavía no me has dicho cómo te llamas.

Al girarse, vio que se trataba del duende que, mirándole, puso una enorme sonrisa sobre su cara infantil.

El genio, aturdido por todo aquello, le contestó medio tartamudeando:

—Lu... Lucerillo, me llamo Lucerillo, ¿y tú?

—¡Hombre! —dijo el duende—, está claro que algo de cerillo sí que tienes porque, desde luego, eres especialista en crear situaciones complicadas.

—¡No empecemos poniendo motes! —dijo el genio, un tanto nervioso.

—Tranquilo —dijo el duende—, era una pequeña broma para romper el hielo, es que te veo un poco tenso. Por cierto, me llamo Pascasio, para servirte. Ya me advirtió Ángeles de que eras un tanto imprevisible.

—¿Ángeles? —le preguntó el genio—, ¿la vidente? O sea... ¿que te ha enviado ella?

—No exactamente —contestó—: como ya te dije antes, cuando te pusiste el anillo una extraña fuerza me hizo llegar hasta aquí, luego... bueno, será mejor que no le digamos a nadie cómo hice mi aparición. En realidad, esa mujer me había hablado de ti, pero nunca imagine que llegaría a conocerte. Aunque, ya ves, nunca se sabe lo que te depara el destino y aquí estamos los dos, en medio de esta extraña situación.

—¡Bueno, bueno! —dijo el genio, tratando de aclararse—, me tienes que decir lo que le has hecho a mi amigo.

—¿A tu amigo? —preguntó el duende—, no sabía que fueseis amigos; yo pensé que querías darle una lección y por eso le apliqué el encantamiento dos ocho nueve.

—¿Cómo que el encantamiento dos ocho nueve? —dijo el genio, desbordado por la situación.

—Tranquilízate —dijo el duende—, será mejor que respires con calma porque está empezando a salir algo de humo por tus orejas. Y, si mal no recuerdo, eso no es nada bueno para un genio.

—Bueno —dijo el genio, mientras respiraba profundamente—, tienes razón, debo tranquilizarme; si no, me desvaneceré y todo esto no habrá servido para nada. ¿Podrías explicarme en qué consiste ese encantamiento?

—Sí, desde luego —dijo el duende—, con ese encantamiento se te quitan las ganas de beber alcohol de por vida. De hecho, si lo pruebas, te empiezan a dar arcadas y ganas de vomitar. Tan solo tiene un pequeño, por así decirlo... error o punto flaco.

—¡¿Error?! —dijo el genio, asustado—. ¿Cómo que error?

—¡Tranquilo! —continuó el duende—, el encantamiento sólo desaparece en caso de que alguien te de un beso de amor en los labios antes de quince minutos y, dada la pinta que tiene tu amigo, no creo que a nadie se le ocurra darle un beso.

—¡Ya! —dijo el genio—, pero resulta que su amada acaba de llegar al hotel y, si se encuentran, lo primero que hará será darle un beso de amor.

—Bueno —dijo el duende—, entonces lo único que tienes que hacer es ser más rápido que él y darle el beso tú primero.

—Sí, claro —protestó nuestro amigo—, pero si le doy un beso en la boca seguramente seré absorbido al interior de su cuerpo, tal y como me sucedió la última vez.

—No si yo antes te hago un pequeño encantamiento —repuso su pequeño compañero.

—Pues no sé qué decirte... —le contestó—, a mí eso de los encantamientos de los duendes no me convence mucho.

—¿Y, si no te convence, cómo es que has dejado a tu amigo en mis manos hace un rato? —preguntó el duende.

—Porque estaba desesperado —dijo el genio— y no se me ocurría nada mejor que hacer.

—¡Ya! —repuso su pequeño compañero—, pues será mejor que aprendas a controlar tus nervios si de verdad quieres sacar algo de provecho de toda esta situación.

"¡Toc, toc, toc!". En ese momento llamaron a la puerta. Los dos se miraron con cara de circunstancias, ya que les habían sorprendido de manera inesperada. Después escucharon el ruido de la llave que entraba por la cerradura de la puerta. Sin pensárselo dos veces, el duende tocó la pierna del sorprendido genio y desapareció.

Se abrió la puerta y María y su hija dieron tímidos pasos hacia el interior de la habitación, mientras decían:

—Cariño, ¿estás ahí?

Entonces, se encontraron frente a frente con el genio, totalmente desprevenido.

La madre, al verlo, le dijo:

—Disculpe, nos hemos debido de equivocar de habitación, pensábamos que había otra persona alojada aquí —Y cerraron la puerta, dejando al genio más cortado que a un pavo en Nochebuena.

El genio, aturdido por aquella inesperada reacción, dijo:

—¡Será posible, seguro que ese duende canijo me la ha jugado!

Se fue hacia el baño con la intención de mirarse en el espejo pero, curiosamente, éste había desaparecido al igual que todos los espejos de la habitación. Sin pensárselo dos veces, decidió salir de allí en busca de algún espejo donde poderse mirar.

Cuando estaba en el pasillo de las habitaciones, caminando en dirección a los ascensores, se encontró frente a frente con su querido amigo que todavía tenía signos de encontrarse bajo los efectos del encantamiento del duende.

El hombre, al ver que nuestro despistado genio le miraba con el semblante triste, como sintiéndose derrotado puesto que todo aquello le estaba empezando a superar, le saludó con una euforia fuera de lo normal y, dándole un sentido abrazo, le dijo:

—¡Eugenio!, ¿cómo tú por aquí?, ¿es que has venido de vacaciones o qué?

Nuestro genio, a pesar de la sorpresa, aprovechó para sacar provecho de aquella inesperada reacción y le contestó:

—Sí, claro, es un placer volver a verte después de tanto tiempo; casi no te reconozco, estás muy cambiado, Pedro.

—Sí —dijo el hombre—, la verdad es que estoy bastante cambiado... los años no pasan en balde. Tú, sin embargo, sigues igual. Pero, cuéntame: ¿has venido para unos días o qué?

—Sí —dijo el genio—, para unos pocos días.

En ese momento se encontraron en medio de aquel pasilllo con la mujer y la hija del hombre.

—¡Cariño! —dijo ella—, por fin te hemos encontrado después de dar varias vueltas por los pasillos.

—¡Ho... hola! —le contestó él—, ¡habéis venido! ¿Cómo sabías que estaba aquí?

—Nos lo dijo Aurora. ¡Ya sabes, nuestra jefa!

—¡Ah!, ¿sí? —dijo él, tratando de disimular, debido a que a su lado estaba su supuesto amigo de la adolescencia, igualmente aturdido por aquel inesperado encuentro.

—¡Mira! —dijo el hombre—, ahora mismo me acababa de encontrar con este amigo mío del instituto, al que hacía un montón de años que no veía.

—Sí —dijo el genio, un tanto cortado—, qué casualidad encontrarnos después de tantos años. No sabía que estuvieses casado y, menos aún, que tuvieses una hija tan preciosa.

—Pues, ya ves —continuó el hombre—, los años no pasan en balde, aquí está mi hermosa mujer, a la que cada día quiero más, y mi preciosa hija, a la que adoro con locura.

Madre e hija le miraron, ofreciéndole una bella sonrisa.

El genio, aprovechando la ocasión, dijo:

—Bueno, se ve que estáis muy bien y además de vacaciones. No quiero molestaros, será mejor que me vaya.

—¡Qué dices... molestarnos! —dijo el hombre—. Me ha hecho mucha ilusión volver a verte después de tantos años. Podíamos juntarnos para cenar; claro está, si a mi mujer y a mi hija no les importa.

—No, no, claro —contestó la mujer, sorprendida por la curiosa coincidencia—. Además, así podréis contarnos vuestras aventuras en el instituto. Por cierto, cariño, hemos cogido otra habitación para poder estar los tres juntos. Coge tus cosas y llévalas a la 216 que, mientras tanto, nosotras vamos deshaciendo las maletas.

—Muy bien —dijo—, ahora mismo voy. Y contigo, Eugenio, si quieres quedamos a las nueve en el comedor para la cena.

—Me parece muy bien —contestó el genio, tratando de disimular mientras pensaba en lo que iba a decir en la cena, ya que él, por supuesto, no sabía nada de aquellas aventuras del instituto—. Allí estaré.

El hombre llevó entonces todas sus cosas a la habitación de su esposa y el genio, que estaba vigilando escondido, aprovechó para entrar de nuevo en la habitación recién abandonada con el objetivo de encontrar algún rastro del duende. Curiosamente, los espejos volvían a estar en su sitio pero, al mirarse, no observó ninguna diferencia en su rostro. El duende había hecho un encantamiento sobre el genio para que, a los ojos del hombre, su mujer y su hija, tuviera un aspecto diferente.

Buscó por todos los rincones posibles, pero no encontró rastro alguno del duende. Agotado por el esfuerzo, decidió tomar un vaso de leche de la nevera ya que, además, echaba de menos el sabor de aquella bebida tan rica. La leche de aquel lugar tenía un sabor especial.

Abrió la nevera y, al sacar la botella de leche, se dio cuenta de que su pequeño colega de orejas puntiagudas estaba prisionero dentro. Entonces exclamó:

—¡Pero será posible! ¿Cómo habrá ido a parar ahí dentro?

Ni corto ni perezoso, quitó el tapón de la botella y echó el contenido dentro de un cuenco de cristal que sacó de un armario. El duende quedó flotando sobre el líquido elemento, con los ojos cerrados. El genio lo cogió entre sus manos y le dio varias tortas en la cara para despertarlo:

—¡Pascasio, Pascasio! ¡Vamos, despierta!

Poco a poco su pequeño amigo fue recobrando el sentido, mientras el genio lo envolvía con una toalla para darle calor.

—¡Ah, eres tú! —dijo el duende mientras abría los ojos—. ¡Fosforito!

—¿Cómo que Fosforito? —dijo el genio, algo sobresaltado.

—Sí —dijo el duende—, el de las cerillas.

—Déjate de tonterías —le contestó nuestro iluminado amigo—. En menudo lío me has metido. Me tienes que decir cómo me las voy a apañar para saber de las andanzas en el instituto del hombre al que estoy tratando de ayudar.

—Sí, claro —dijo el duende—. Entonces... ¿qué pasa, que ya no fuma y por eso no quiere más cerillas?

El genio comprendió que algo había salido mal. Era evidente que los encantamientos con genios tenían un efecto rebote para los duendes. Si no, ¿cómo se explicaba que su diminuto amigo hubiera ido a parar a la botella de leche?

El genio escuchó el sonido de la llave que entraba dentro de la cerradura de la puerta. Sin pensárselo dos veces, se metió al duende dentro del bolsillo del pantalón. La puerta se abrió y resultó ser la mujer de la limpieza, que venía a preparar la habitación para otro cliente del hotel. Al ver a nuestro amigo, dijo:

—¡Perdone, creí que ya se había ido de la habitación!

Él le contestó:

—No se preocupe, en realidad ya me iba, pase si quiere —Salió de allí en dirección a los ascensores.

Entre tanto, María y su hija Esmeralda estaban terminando de deshacer las maletas en el momento en que el hombre transfigurado llamaba a la puerta de su habitación.

María abrió la puerta y, al encontrarse de frente con su marido, le miró a los ojos con una mirada penetrante y profunda. Aquellas dos almas volvieron a sentirse conectadas, sin que su trasfigurado rostro tuviera ninguna importancia para que ambos se sintieran unidos de nuevo.

Se abrazaron y se dieron un beso de amor.

En ese momento se deshizo el encantamiento del duende: el hombre cayó al suelo como consecuencia de la resaca que arrastraba de antes del encantamiento y que, tras aquel beso, regresó a su cuerpo con efecto inmediato.

Al ver lo que pasó, ella dijo:

—¡Pobrecito! Ha debido de ser por la impresión, después de tanto sufrimiento no ha podido soportar la emoción.

Ella y su hija lo arrastraron hasta la cama para que descansara.

Llegó la hora de la cena y, como el hombre seguía durmiendo, su mujer no quiso despertarlo, por lo que envió a su hija al comedor para que avisara al amigo de su marido de que no iban a poder asistir; y, de paso, para que preguntase a ver si era posible que les subieran algo de comida a su habitación.

La pequeña Esmeralda cogió el ascensor para bajar al comedor y, una vez allí, se puso a buscar al amigo de su padre para darle el mensaje.

Cuando llegó al comedor, lo vio apoyado en una columna y, al acercarse por detrás, se fijó en que de su bolsillo salían dos diminutos pies. Esto llamó poderosamente la atención de la pequeña, que no pudo soportar la tentación de meter la mano para ver de qué se trataba y, justo en el instante en que sacaba al duende dormido, el genio se dio la vuelta para ver quién le estaba robando. Al ver que era la pequeña, le dijo:

—No te asustes bonita, se trata de un pequeño amigo mío que está dormido. ¡Dámelo antes de que se despierte y le des un susto!

La niña, al ver aquello, abrió sus verdes ojos aún más asombrada, mientras decía:

—¿Es un duende?

El genio, aprovechando la inocencia de la pequeña, le dijo:

—Sí, cariño, pero no se lo debes decir a nadie. Si quieres ser su amiga debes guardar el secreto.

—¡Sí, yo quiero! —dijo entusiasmada.

—Por cierto —continuó el genio—: ¿dónde están tus padres?

—¡Ah, sí! —le contestó—, no van a bajar a cenar, es que mi mamá le dio un beso a papá y se cayó desmayado. Mi mamá dice que debe de ser porque está muy cansado.

—¡Vaya, vaya! —respondió nuestro genio—. Pues diles que no se preocupen, que ya nos veremos en otro momento.

La pequeña añadió:

—Me ha dicho mi mamá que pregunte a ver si le pueden llevar la cena a la habitación.

—No te preocupes —le contestó—, ya me encargo yo. Tú vete para arriba y dile a tu mamá que no hay ningún problema.

La pequeña se marchó, no sin antes recordar a nuestro amigo que estaba muy interesada en conocer a aquel pequeño duende. El genio encargó que llevasen la cena a la habitación y, después, se puso a discurrir en cómo podría evitar cualquier posible problema que pudiera tener su amigo con su mujer por su adicción al alcohol.

Mientras estaba sentado en la cafetería, pensando, comenzó a sentir un cosquilleo en la pierna debido a que su diminuto amigo se estaba despertando.

Lo sacó de su bolsillo y lo puso a su lado en el asiento, aprovechando que estaba en un rincón donde nadie podía verlo.

—Bueno —dijo el genio—, ¡Pascasio!, ¿te despiertas de una vez o qué?

El duende, mientras se estiraba y terminaba de despertarse, dijo:

—¡Caramba con los genios! No sabía yo que era tan perjudicial haceros un encantamiento.

—Ni yo tampoco —dijo el genio—, eso es para que la próxima vez preguntes antes de hacer una de las tuyas sin pedir permiso.

—Lo siento —dijo el duende—, espero no haber creado más problemas.

—No te preocupes —le contestó—, por ahora parece que todo va bien. Lo único que me preocupa es la dependencia con la bebida de mi amigo.

—¡O sea —dijo el duende—, así que al final se dieron el beso!

—Así es —afirmo el genio—, y él, acto seguido, se desmayó. Y parece que va para largo.

—Se me olvidó decirte… —comenzó a explicar el duende.

—¿Que se te olvidó qué… ? —le interrumpió el genio, algo asustado.

—¡Bueno… —continuó el duende—, es que nunca creí que le pudieran dar un beso!

—¡Termina de una vez! —dijo el genio, algo desesperado—. ¿Qué es lo que se te ha olvidado decirme?

—En realidad, es una tontería sin importancia —añadió el duende.

—¡¿Pero me quieres decir de una vez de qué se trata?! —exclamó el genio.

—Ya te lo digo: en caso de que recibiera un beso de amor, tu amigo estaría durmiendo durante tres días y tres noches. Pero, ¿tú crees que habrá sido un beso de amor? A lo mejor sólo fue un piquito, ¿no?

—No lo creo —dijo el genio—, esa mujer estaba desesperada por reencontrar a su amor.

—¡Ya! —dijo el duende, tratando de quitarle importancia—, pero a lo mejor no lo estaba tanto… ¿no?

—Te equivocas —dijo el genio—, creo que él estaba aún más desesperado que ella. Así que ya me dirás qué hacemos ahora…

—Bueno —continuó el duende—, por de pronto tu encantamiento ya ha pasado, puesto que ya me he recuperado, así que ahora ellas te verán a ti igual que a tu amigo.

—¡Pues sí que estamos bien! —dijo el genio—. ¿Y ahora qué hacemos?

—Ahora —prosiguió el duende—, debemos de cambiarte a ti por tu amigo mientras ellas duermen, de manera que así no sospechen nada.

—¡Claro! —dijo el genio—. ¿Y qué pasará con la adicción que tiene mi amigo con el alcohol?

—Eso déjalo de mi cuenta —dijo el duende—, ya se me ocurrirá algo.

—Está bien —le contestó—, pero que sea algo bueno y menos peligroso que tu último encantamiento, ¿eh?

—¡Dalo por hecho, así será! —afirmó el duende—. Ahora debemos esperar a que tus amigas se vayan a dormir para entrar en acción.

—De acuerdo —dijo el genio, poniendo cara de no saber muy bien si se fiaba del todo de su pequeño amigo.

Llegó la hora de acostarse y madre e hija decidieron irse a dormir juntas, a la cama de matrimonio, ya que el hombre se había quedado dormido en la cama supletoria.

Pasados unos quince minutos, nuestros dos amigos entraron en silencio dentro de la habitación. El genio sacó al hombre de la cama y se lo llevó cargándole pero arrastrando sus pies por el suelo. En ese momento, el hombre exhaló un inusitado ronquido. Madre e hija seguían durmiendo, ajenas a aquella maniobra. El duende, que estaba encima de la cama a la altura de los pies de las mujeres y dando instrucciones al atareado genio, dijo:

—¡Venga, tira de él con fuerza!

Pero la pequeña Esmeralda, sonámbula, cogió al duende entre sus manos, pillándole desprevenido. Éste, procurando no despertarla, trato de inhibir su primer impulso de gritar por el inesperado susto, pero aquello era superior a los instintos de un duende, por lo que finalmente gritó justo en el momento en que el genio atravesaba la puerta de entrada de la habitación con su amigo dormido.

Sin pensárselo dos veces, el genio entró de nuevo en la habitación, dejando en el pasillo a su noctámbulo amigo y, de un salto, se metió dentro de la cama supletoria haciéndose el dormido e imitando los gritos del duende, como si estuviera teniendo una pesadilla.

En ese instante madre e hija se despertaron, dirigiéndose hacia la cama supletoria, momento en el que el duende aprovechó para esconderse.

—¡Cariño! —dijo la mujer—, ¿estás bien?

El genio, haciéndose el adormilado, dijo:

—Sí, mi Amor, sólo era una pesadilla: estaba dentro de una cueva y tú y Esmeralda pasabais de largo, ya que ninguna de las dos me reconocíais... y yo gritaba y gritaba, tratando de llamar vuestra atención, pero nada.

—Tranquilízate —dijo la mujer—, yo ya he pasado por eso. No hace mucho que yo tuve la misma pesadilla y sé lo mal que se pasa. No te preocupes, mi Amor, y trata de descansar.

Al decir estas ultimas palabras, le dio un beso en los labios a nuestro desprevenido genio. Éste, viendo que una fuerza desconocida lo impulsaba hacia el interior de la mujer, hizo un esfuerzo supremo de voluntad para evitar ser absorbido por su boca. Tras el titánico esfuerzo consiguió evitar la catástrofe. Madre e hija volvieron a la cama mientras el genio se tapaba desde la cabeza a los pies con la manta, pero ocurrió lo inevitable. El genio volvió a su forma original, abandonando la forma humana en la que había estado durante tantas horas.

A los pocos minutos las dos mujeres dormían de nuevo. El duende salió de su escondite y se acercó sigilosamente hasta la cama de su amigo. Le destapó la cabeza y se pegó un susto de muerte.

—Pero, ¿quién eres tú? —le preguntó un tanto sobresaltado.

—¿Quién crees que soy? —dijo nuestro vaporoso amigo con cara de derrotado—. ¡Soy el genio! ¡Qué desastre! ¿Y ahora qué hacemos?

—Yo no me preocuparía demasiado —dijo el duende—, porque ahora que has recuperado tu forma se supone que vuelves a tener otra vez tus poderes, así que puedes hacer que tu amigo venga hasta tu posición en la cama y tú ir a la suya en el pasillo con dar simplemente un chasquido de dedos.

—¡Pues es verdad! —dijo el genio, algo más entusiasmado—. ¡Tienes razón! Mira que soy tonto, yo aquí preocupándome por una tontería.

Dio un chasquido con los dedos y sucedió el intercambio. El genio apareció en el pasillo con su diminuto compañero.

—¿Lo ves? —dijo el duende—, no era para tanto…

El duende comenzó a hacerse trasparente, como si se estuviera desvaneciendo:

Pero, ¿qué es lo que me pasa? —preguntó un tanto asustado.

—No sé —dijo el genio—, pero me están dando retortijones en la tripa, así que me imagino que eso es una señal de que vas a volver a tu lugar de origen.

En tal caso —dijo el duende—, ha sido un placer conocerte. Si alguna vez me necesitas, no dudes en llamarme, di mi nombre tres veces seguidas y luego da una palmada con las manos: acudiré enseguida a tu llamada. No te preocupes por tu amigo, ya que al volver a mi punto de origen el hechizo dejará de hacer efecto, será en unas pocas horas y mañana se despertará como si tal cosa.

Y, diciendo estas últimas palabras, desapareció.

—¡Voy a echar de menos a ese canijo! —dijo el genio, poniendo cara de melancolía—. Para ser tan pequeño, se las apaña bastante bien organizando líos él sólito. Lo único que me preocupa ahora es la adicción que, después de todo, sigue teniendo mi amigo por el alcohol. En fin… ya se me ocurrirá algo.

El genio de la tierra

Como era de noche, el genio aprovechó que todo el mundo dormía para darse una vuelta por aquel bonito pueblo de montaña que le hacía recordar viejos tiempos pasados.

Después de darse un paseo por las calles empedradas a la luz de las farolas y de admirar las bellas fachadas y fuentes de aquel pintoresco lugar, decidió subir a una ermita que había en una cercana montaña.

Cuando llegó, le sorprendió que estuviera la puerta abierta, ya que sólo se abría durante el día y en determinadas fechas especiales. Al acercarse a la puerta pudo ver que, del interior, salía una tenue luz por las velas que estaban encendidas.

El genio decidió entrar, picado por la curiosidad.

Una vez dentro de aquel pequeño templo, se puso a meditar con los ojos cerrados, flotando frente al altar de aquel santuario.

En un momento dado y después de un rato, abrió los ojos. Se dio cuenta de que sobre aquel altar había una lámpara de aceite, como las de los cuentos de Aladino, sólo que los grabados que presentaba sobre su superficie pertenecían al signo de tierra: eran iguales a los que había en el claustro de La Esperanza, al pie de la gárgola del toro.

Repentinamente sintió una extraña fuerza que lo absorbía hacia el interior de aquella lámpara, sin que él pudiera hacer nada por evitarlo. Una vez dentro y pasados unos segundos, apareció frente a un árbol que le resultaba bastante familiar. Se trataba del árbol del claustro, sobre el cual había hablado el genio alado del Viento del Oeste en el anterior encuentro con nuestro genio. Éste estaba a punto de desprenderse de la última de sus hojas.

En ese momento sopló el Viento del Norte y la hoja se desprendió de la rama que lo sujetaba. Voló unos metros mientras el genio la seguía con su mirada y, al instante, se posó sobre uno de los hombros de la vidente que, desde una posición apartada, contemplaba aquella escena.

El genio, al verla allí, le dijo un tanto sorprendido:

—¡Ah!, ¿es usted? Pensé que me iba a venir a recibir el genio del viento del Norte.

—¿Y quién crees que soy yo? —le preguntó la vidente, mientras dibujaba una sonrisa burlona en su rostro.

—¡Pero no es posible! —dijo el genio sorprendido.

—¿Y por qué no? —dijo ella—. ¿Te has parado a pensar alguna vez en cuál es el color de mis cabellos?

—Usted tiene el pelo lleno de canas, así que evidentemente tiene el cabello de color blanco, pero eso es producto de la edad.

—Y de la experiencia —dijo ella—. De los cuatro genios de los vientos, yo soy el más veterano.

—Así que ha estado ahí todo el tiempo y yo sin enterarme —dijo el genio—. ¡Esto sí que tiene gracia!

—Así es —dijo ella—, todo el tiempo he tratado de guiar tus pasos o, mejor dicho, tu trayectoria.

—¡Ahora caigo! —dijo el genio—: el genio del Viento del Norte indica el norte, o sea, la dirección hacia la que uno se debe dirigir. Lo único que no entiendo es... ¿por qué he venido a parar aquí a través de la lámpara del elemento tierra?

—Sencillamente —dijo ella—, porque ese elemento es el último que te queda por experimentar antes de que llegue tu iniciación. Es el que te falta para completar tus últimos pasos.

—Y entonces, ¿se producirá la conjunción de los cuatro elementos? —preguntó el genio, lleno de curiosidad.

—A su debido tiempo lo sabrás —le contestó—, ahora lo primero es lo primero.

—¿Y qué pasará con mi amigo y su adicción al alcohol? —preguntó.

—No te preocupes —continuó ella—, la naturaleza sigue su curso, igual que cuando un río se desborda y, al cabo del tiempo, vuelve a su cauce. Yo que tú, me preocuparía primero por lo que tienes a tus espaldas.

En ese momento el genio se giró y se quedó pasmado al ver un enorme toro que lo miraba mientras bufaba y resoplaba por su enorme boca. Para colmo de los colmos, el genio se dio cuenta en ese instante de que volvía a tener piernas, así que le iba a ser imposible salir volando ni, mucho menos, tele-transportarse.

Se giró para hablar con la anciana, pero ésta había desaparecido.

—¡Pe... pero será posible! —dijo balbuceando—. ¡Esto sí que no me lo esperaba!

Escuchó de nuevo los resoplidos del toro a sus espaldas. Se dio la vuelta y se posicionó frente a frente con el morlaco. Le miró a los ojos y el toro se arrancó. El genio le hizo frente sin moverse del sitio, con inusitada templanza.

Cuando llegó hasta su posición, el genio se quedó quieto y el animal se volatilizó, dando paso a una bellísima mujer a la que se quedó mirando, asombrado por su belleza.

Ésta, al ver la cara de sorpresa de nuestro amigo, se presentó:

—¡Hola!, soy el genio de la lámpara del elemento Tierra. Es un placer conocerte.

El genio, alucinado, le contestó:

—El placer es mío pero, dime, ¿siempre acostumbras a aparecer de esta manera?

Ella le contestó:

—Depende de la circunstancia. En tu caso, ésta era la manera de ver tu templanza y debo felicitarte, ya que has demostrado tener valor.

—Gracias por el cumplido —dijo el genio—, he procurado que no me temblasen las piernas y mantenerme en mi posición estando lo más sereno posible y...

El genio se quedó en silencio al ver que aquella belleza le miraba las piernas mientras sonreía.

El genio se miró a las piernas y se dio cuenta de que ya no las tenía. Entonces la miró y los dos comenzaron a reír.

—Bueno —dijo el genio—, supongo que tú tampoco sabrás nada sobre la conjunción de los cuatro elementos, ¿verdad?

—Lo único que se me ocurre —dijo su compañera— es que todavía no has terminado de descifrar el mensaje oculto que hay entre las letras del reloj de sol, ya que con los signos de los números mayas has descifrado los nombres de los dioses regentes de las cuatro gárgolas, pero todavía te falta por descubrir qué es lo que te dice el reloj de sol a través de sus letras y números.

—¡Pues es verdad! —dijo el genio, al tiempo que se giraba y se elevaba para ver más de cerca el misterioso reloj.

Mirando los números mayas que había junto a cada letra del reloj, fue de menor a mayor y de izquierda a derecha en el sentido en que debería ir la sombra de aquel reloj. Y pudo completar la siguiente frase:

Tu sol pone el reto

En ese momento se giró hacia abajo para compartir su descubrimiento con el genio de la Tierra, pero éste había desaparecido.

—¡Vaya, vaya! —dijo—, está claro que el camino interior es todo un reto, pero gracias a tu sol interno todo es posible, ya que él te guía en tu caminar si sabes escucharlo.

Tras estas palabras, cerró los ojos y se puso a meditar toda la noche.

A la mañana siguiente, al salir los primeros rayos del sol e iluminar parte del empedrado claustro, el genio abrió los ojos y, mirando hacia el suelo, descubrió la similitud existente entre las piedras de aquel suelo y las del suelo de la ermita del pueblo de la montañas. Con la emoción que aquello evocó en su interior, se sintió de nuevo trasportado hasta el interior de la ermita.

Tal era su estado de éxtasis, que comenzó a elevarse hasta alcanzar la bóveda del techo de aquel pequeño templo. Desde su posición pudo observar cómo entraba dentro de la ermita su querido amigo Pedro Juan y cómo se ponía de rodillas para hacer una de sus oraciones.

Aprovechando que no había nadie se puso a rezar en voz alta:

—Señor, no permitas que el alcohol enturbie mi relación con mi querida esposa, dame fuerzas para superarme a mí mismo y acrecentar mi voluntad.

Mientras rezaba, se fijó en que sobre el altar estaba la lámpara que anteriormente había llamado la atención de nuestro querido genio. Se acercó y, cogiéndola entre sus manos, comenzó a frotarla. En ese momento apareció delante de él un personaje de lo mas pintoresco y grotesco, con una botella de vino en la mano. Le ofreció de beber. Sorprendido el hombre, hizo un amago de coger la botella, pero al instante se echó para atrás al ver cómo ese personaje se transformaba en la viva imagen de su mujer, sólo que totalmente borracha. Ésta volvió a tentarle:

—Vamos cariño, bebe conmigo, seguro que los dos lo pasamos muy bien emborrachándonos juntos.

Mientras el hombre contemplaba atónito aquella escena, alguien le estiraba del pantalón hacia abajo. Se giró para ver quién era y resultó ser la pequeña Esmeralda, que le miraba con los ojos enrojecidos, ya que también estaba totalmente borracha. El hombre, al verse en medio de aquella escena, comenzó a desesperarse, negando con la cabeza mientras decía:

—¡No, no, vosotras también… no, por favor, ya basta!

Al instante, su mujer y su hija desaparecieron y el hombre, conmovido por todo aquello, hizo un juramento en voz alta:

—Nunca más me volveré a emborrachar.

se levantó y se dio media vuelta para volver a la habitación, ya que había madrugado mucho y había salido del hotel aprovechando que sus dos queridas mujeres todavía estaban dormidas.

Nuestro genio, que estaba observando toda la escena, dijo:

—¡Hay que ver cómo las gasta el genio de la Tierra!

Y al ver que su amigo iba por el buen camino, decidió dejarlo para que disfrutara de sus vacaciones junto a su mujer y su hija.

¡Libertad!

Al genio se le ocurrió la brillante idea de volver a la rica mansión, para ver si había alguna pista que le hubiese pasado inadvertida y que le pudiese ayudar en su búsqueda de la misteriosa conjunción.

Se tele-transportó y apareció en el salón de la casa, justo delante del misterioso calendario de piedra que estaba lleno de marcas semejantes a los números mayas.

Mientras auscultaba las cuatro esquinas de aquel monolito, sintió que a sus espaldas alguien le estaba mirando y, antes de que se diera la vuelta, escuchó que le decían:

—¡Otra vez tú! ¿Cómo has conseguido escaparte? Ya me advirtió mi amigo el encargado de que andabas por ahí suelto, volviendo a hacer de las tuyas.

El genio se dio la media vuelta y se puso a hablar con la rica mujer:

—¡Mire! —dijo—, la situación es la siguiente. Aunque yo me haya escapado como dice usted, al final ha sido para bien, ya que mi amigo y su mujer están felices y contentos allá en las montañas gracias a mis ultimas intervenciones.

—¡Querrás decir gracias a mí! —contestó la mujer, poniendo cara de escéptica—. Además, yo hablé con el encargado del patio para que me ayudara con la intervención del genio del Agua.

—Sí, desde luego —dijo el genio—, ya me acuerdo de ese acuático genio y de su intervención, con sus peces de colores y todo lo demás. Ese genio cree que puede hacer cambiar a las personas adormeciendo sus emociones, cuando en realidad de lo que se trata es de ser más consciente de ellas.

—¡Vaya con el genio del aire! —dijo la rica mujer—, casi no te reconozco. ¡Sí que has cambiado!

—Así es —dijo él—, las experiencias son las que nos van cambiando. Lo que importa es tomar las decisiones adecuadas en cada uno de esos cambios, ya que, si no, podemos acabar mal parados.

—¡Tienes razón! —le contestó ella poniendo cara de empezar a creer—. Yo hasta ahora sólo albergaba sentimientos de rencor hacia el genio de la llama, pero ahora me doy cuenta de que eso no sirve para nada, ya que en su día fue mi padre quien tomó la decisión de vivir su vida con mayor intensidad a pesar de las consecuencias que eso acarreaba. El problema era que yo lo quería para mí, cuando en realidad él ya había elegido su camino.

—¿Lo ve? —continuó el genio—, sólo al enfrentarnos con la realidad de nuestras emociones es cuando nos hacemos conscientes de ellas y sólo así conseguimos liberarnos de ellas.

—Es verdad —dijo la mujer—, ahora me siento mucho mejor.

—Bueno —dijo el genio—, me alegro de que esté bien. Y, aprovechando la ocasión, quisiera hacerle una pregunta sobre el calendario de piedra que tiene aquí en el salón.

—Pues tú dirás.

—Estoy viendo —continuó él—, que aquí en cada una de las cuatro esquinas, además de estar los símbolos de los cuatro elementos, también hay una copia en miniatura de la cara del reloj de sol, sólo que con los ojos abiertos.

—Sí, claro —dijo ella—, eso tiene que ver con el momento de la conjunción de los cuatro elementos, o al menos eso es lo que a mí me dijo mi padre.

—O sea, ¿que usted tampoco sabe lo que significa? —preguntó el genio, algo desesperado.

—Así es —continuó ella— y, por la cara que pones, veo que esto es algo que te afecta bastante, ¿no?

—Sí —dijo él—, es que hasta que no suceda esa conjunción yo no dispondré del poder suficiente para hacer cambiar la cara de mi amigo a su aspecto original.

—¡Qué casualidad! —le contestó—, hasta que esa cara no abra los ojos, la cara de tu amigo no cambiará. ¿No te parece que es una extraña coincidencia?

—¡Pues tiene usted razón! —dijo el genio—, nunca me había parado a verlo de esa manera. ¡Sí que tiene gracia!

—Es como decir que, hasta que tu amigo no se haga plenamente consciente de sus emociones, su cara no cambiará.

—Sí —dijo él— y eso es algo que nos pasa a todos. No recuperamos nuestro aspecto original hasta que despertamos a nuestra verdadera realidad espiritual.

En ese momento, alguien golpeó en el cristal de la ventana del salón. Ambos se giraron para ver quién era y resultó ser el ave multicolor, que ya había transformado el color de todas sus plumas quedándose totalmente blanca.

La mujer se acercó hasta la ventana y la abrió para dejar pasar a aquel curioso pájaro al interior de la vivienda. El ave atravesó la ventana y, en ese instante, comenzó a nevar en el exterior. Una vez dentro, empezó a hablar:

—¡Lucerillo! —dijo dirigiéndose al genio—, es necesaria ahora tu presencia en el claustro de La Esperanza.

—¿Ahora? —dijo el genio—, ¿pero tú has visto cómo está nevando?

—Precisamente por eso mismo —le contestó el ave— debes ir allí antes de que comience a nevar con más fuerza.

—Bueno —dijo el genio—, si tú lo dices…

Entonces giró tres veces sobre sí mismo y desapareció. ¡Flop!

A los pocos segundos, el genio apareció en el centro de aquel patio enclaustrado. A pesar de que era de día, había poca luz. Esto llamó la atención del genio, hasta que se dio cuenta de que se hallaba en el interior del pozo que había en medio del claustro y, curiosamente, a pesar de sus esfuerzos a nuestro amigo le fue totalmente imposible salir de aquella pétrea prisión que, poco a poco, se iba llenando de nieve; una nieve que empezaba a caer de manera cada vez más copiosa.

Nevó y nevó hasta que el claustro quedó sepultado bajo un manto blanco y nuestro querido genio quedó atrapado dentro de aquel pozo, lleno de nieve, en una especie de estado de hibernación. Estuvo nevando durante varios días, hasta que llegó la fecha de la conjunción de los cuatro elementos.

Nuestro amigo se hallaba totalmente dormido, en una especie de estado de aletargamiento, igual que un oso dentro de su madriguera. La nieve entonces dio paso a la lluvia con el cambio en las temperaturas que poco a poco se iban elevando, ya que además algunos rayos de sol se asomaban tímidamente atravesando las nubes, que de vez en cuando dejaban entrever al astro rey.

Llegó la hora anunciada para la conjunción.

Sopló el Viento del Norte y esto hizo que una especie de veleta que había sobre el reloj de sol se inclinase lo suficiente como para dejar pasar el agua, ya que ésta era la palanca que activaba una esclusa que había en la canaleta del tejado. Al abrirse, esta esclusa llenaba un depósito oculto en la parte trasera del reloj, que aumentaba su peso lo suficiente como para activar a modo de balancín el mecanismo que hacía que los ojos del rostro del reloj de sol se abriesen de par en par. Y el agua pasaba a través de la boca del rostro de aquel reloj que, a su vez, era una especie de gárgola solar, ya que la sombra del chorro de agua marcaba la hora señalada para aquel mágico acontecimiento: "La hora de Eolo".

En ese momento, el sol brilló con más fuerza, de tal manera que sus rayos se reflejaron en los ojos del rostro del reloj de sol y fueron a parar a los ojos de la gárgola de Eolo, la cual a su vez reflejó los rayos en dirección al pozo de agua del centro del claustro, haciendo que nuestro genio despertara.

Cuando nuestro amigo salía del pozo, la tierra vibró durante un segundo en un pequeño seísmo. De esta forma, los cuatro elementos habían hecho acto de presencia al mismo tiempo, ya que el viento sopló, el agua cayó en forma de lluvia, el sol brilló como símbolo del fuego y la tierra se estremeció.

Debido a que en las noticias se había anunciado el acontecimiento para una hora antes, puesto que no se había tenido en cuenta el cambio de hora con respecto a la hora solar, la gente y los periodistas que habían acudido a presenciarlo se cansaron de esperar y se marcharon.

Tan solo estaban allí: el encargado; Ángeles, la vidente; Aurora, la rica mujer; y, por supuesto, Pedro Juan, María y Esmeralda, que ya habían regresado de sus vacaciones.

El genio, que acababa de salir del pozo, se encontró frente a frente con todas aquellas personas que le habían acompañado a lo largo de su aventura terrenal en la ciudad. Sintió un escalofrío por todo su cuerpo que le hizo sentirse totalmente renovado.

Elevó sus manos hacia el cielo y, acto seguido, apuntó con las palmas en dirección a la cara de aquel hombre. Salieron dos rayos de luz de sus manos, que fueron a iluminar el rostro de su querido amigo, quien quedó en ese mismo momento transformado, adoptando su imagen original.

Todos sonrieron después de aquel mágico acontecimiento. Ángeles fue quien tomo la palabra:

—Mi querido genio: por fin has cumplido tu cometido y has alcanzado tu libertad después de tantos avatares.

El genio, sorprendido por aquellas palabras, le preguntó:

—Pero, ¿cómo es posible? Tan solo he concedido un deseo y, para alcanzar mi libertad, es necesario que conceda tres.

—¡Claro que sí! —dijo ella, sonriendo—. Tú has concedido el mismo deseo a tres personas distintas… lo cual, si no me equivoco, suma tres deseos. Acuérdate de la noche de luna llena en que adoptaste la forma de corazón en el centro del cual brillaba la luna, cuando Esmeralda y su madre María pidieron un deseo justo cuando pasaba una estrella fugaz. Y ese deseo era el mismo que te pidió después tu querido amigo Pedro Juan. Así que, ya ves, has concedido tres deseos, lo cual hace que seas un genio libre.

—¡Pues tiene usted razón! —dijo el genio—, está claro que esto de las matemáticas nunca se me ha dado bien. ¡Porque vaya lío con los números para resolver el mensaje secreto del reloj de sol!

—Sí, desde luego —dijo ella—, no ha estado nada mal, ya que de los cuatro genios tú eres el único que ha conseguido descifrar el mensaje oculto entre las letras y números del reloj solar. Y, de momento, sólo tú has alcanzado la libertad a la que aspira todo genio.

—¡Pues ha sido un placer poder ayudaros! —dijo el genio, dirigiéndose a su amigo, a su mujer y a su hija.

Los tres se acercaron hasta su posición y le dieron un sentido abrazo:

—¡Muchas gracias, amigo, siempre te estaremos agradecidos por todo lo que has hecho por nosotros!

—¡Y nosotros también! —dijeron el encargado y la rica mujer, al tiempo que le dedicaban una sonrisa a nuestro genio, que ya empezaba a emocionarse soltando alguna que otra lágrima.

Los seis acompañantes de nuestro querido amigo formaron un circulo a su alrededor, dándose las manos los unos a los otros.

En ese instante el genio del reloj sin sombra desapareció, dejando tras de sí una nube de vapor del color del arco iris, que les envolvió a todos durante unos segundos, antes de disolverse del todo.

Los rayos del sol volvieron a iluminar con fuerza el patio de La Esperanza.

Y, como no podía ser de otro modo, la historia continúa…

El autor: Pablo Guibert Fernández de la Hoz

Nací en un frio invierno del año 1964, un 30 de enero para ser exactos. Cursé mis estudios de Enseñanza General Básica y de Formación Profesional de grado medio en la rama de Delineación en el mismo centro escolar, un colegio de la bonita ciudad de Pamplona, ciudad que me vio nacer y crecer junto al resto de mis hermanos.

En lo referente al tema laboral mi experiencia ha pasado desde el ámbito de una empresa familiar relacionada con el tema de los aislamientos, hasta trabajar de conserje o, mejor dicho, de portero en diferentes comunidades de vecinos, así como también de empleado de la limpieza, actividad a la que me dedico en la actualidad.

En lo que respecta al ámbito de la literatura, siempre me ha gustado la lectura, en especial aquella que se relaciona con el crecimiento personal y todo lo que tiene que ver con este mundo tan creativo, así como el arte, la ciencia y la filosofía: ramas del conocimiento que nunca deberían haberse separado en nuestra tan maltratada cultura occidental. Y de cuya comunión depende sin duda nuestro futuro como especie.

www.ingramcontent.com/pod-product-compliance
Lightning Source LLC
Chambersburg PA
CBHW060231180626
46813CB00007B/3046